LA
BOITE AU LAIT

Représent'e pour la première fois, à Paris, sur le théâtre des Bouffes parisiens
le 3 novem re 1876.

IMPRIMERIE GÉNÉRALE DE CHATILLON-SUR-SEINE, JEANNE ROBERT

LA BOITE
AU LAIT

OPÉRETTE EN QUATRE ACTES

PAR

EUGÈNE GRANGÉ & JULES NORIAC

MUSIQUE DE

JACQUES OFFENBACH

C · L

PARIS

CALMANN LÉVY, ÉDITEUR

ANCIENNE MAISON MICHEL LÉVY FRÈRES

RUE AUBER, 3, ET BOULEVARD DES ITALIENS, 15

A LA LIBRAIRIE NOUVELLE

1877

PERSONNAGES

LE BARON POUPARDET	MM.	DAUBRAY.
SOUCHARD		FUGÈRE.
ADALBERT		COLOMBEY.
CLAMPIN		HOMERVILLE.
PACHÉCO		SCIPION.
HENRI		DUBOIS.
GEORGES		MAXRÈRE.
PAUL		DURAND.
ALEXIS		SANSON.
GALOUPAT		VINCRON.
FRANCINE	Mmes	THÉO.
MISTIGRIS		PAOLA-MARIÉ.
PAMÉLA		LUIGINI.
FÉLICIEN		BLANCHE MIRO B.
VICTOR		HEUMANN.
ANDRÉ		SOLL.
SYLVESTRE		MORÉNA.
4 PETITS CLERCS		DEFFARGES. RACHEL. MOREL. PAULINE.
ARTHÉMISE		H. BARETTE.
OLYMPE		A. BARETTE.
CLOTILDE		DESCOT.
CHARLOTTE		L. GRÉGOIRE.
HENRIETTE		DEFFARGES.
ADRIENNE		THÉRÈSE.
RACHEL		RACHEL.

A Paris, en 1824.

LA
BOITE AU LAIT

ACTE PREMIER

Une chambre très-simple. — Porte d'entrée au fond a gauche. — Au fond, à droite, une fenêtre donnant sur la rue. — Portes latérales. — A droite, au troisième plan, une commode sur laquelle sont des vases de fleurs. — Sur le devant à gauche, une table couverte d'une nappe. — Près de cette table un petit fourneau. — Entre la porte du fond et la fenêtre est appendu au mur un sabre. — Chaises de paille.

SCÈNE PREMIÈRE

SOUCHARD, seul, pantalon militaire, guêtres, bonnet de police. Un grand tablier blanc devant lui. — Au lever du rideau, il est debout derrière la table et achève de repasser un mouchoir.

COUPLETS

I

Citoyens, ceci représente
Un guerrier courbé sur son fer,
Repassant, pour l'heure présente,

Les mouchoirs d'un objet bien cher.
Je fais vraiment des tours d'adresse,
Moi qui n'aime pas repasser ;
Ça me vaut plus d'une caresse,
Ça rapporte plus d'un baiser.
        Et pourtant, (*bis*).
Je sais que, pour un militaire,
C'est un métier sans agrément ;   } (*Bis*).
Mais à la guerr' comme à la guerre,
Faut obéir au commandant !

II

Entre nous, vers le savonnage
J'étais peu porté par état ;
L'emploi de femme de ménage,
Ça n'est pas le fait d'un soldat.
Mais, au beau temps des amourettes,
J'ai, — simple histoir' de m'exercer, —
Chiffonné tant de collerettes,
Que je puis bien en repasser !
        Et pourtant,
            Etc., etc.

La petite n'est pas encore sortie de sa chambre... sans
doute qu'elle travaille, ou ben qu'elle s'attife... Dame ! c'est
jeune... ça aime à se pomponner... Allons, v'là mon fer
qu'est froid... (Il le met sur le fourneau.) En attendant qu'il ré-
chauffe, j' vas fourbir mon sabre d'honneur. Non, je le four-
birai demain... Francine, ma filleule, rit de ça... mais, bah !
j' la laisse rire... elle est si gentille, si travailleuse... elle me
dorlote tant !... Sommes-nous heureux dans not' petit ménage !.. (Avec explosion.) Eh ! bien, non, mille milliards du diable ! je ne le suis pas... rapport à mon neveu Sosthène, à ce
vaurien de Sosthène, un gredin qui, à la veille d'épouser Francine, s'avise de se conduire comme un vagabond. Tout allait
si bien... c'était mon rêve, ça aurait été bien gentil de voir
heureux ces deux gamins-là... et il faut !... Ah ! qu'il vienne,

le brigand, et je lui frotterai... (On frappe à la porte du fond à gauche.) C'est sans doute lui... Entrez!... Mille milliards de... (Voyant Paméla.) Oh! jolie femme!

SCÈNE II

SOUCHARD, PAMÉLA, puis PACHÉCO.

PAMÉLA, entrant par le fond, en élégante toilette du matin.

Mademoiselle Francine, la couturière?

SOUCHARD.

C'est moi.

PAMÉLA, riant.

Je ne vous demande pas si c'est vous, je demande si c'est ici?

SOUCHARD.

Ah! c'est différent! C'est ici... même que je suis son parrain.

PACHÉCO, paraissant à la porte du fond.

Me voilà!

SOUCHARD, à part.

Tiens! un singe!

PAMÉLA.

Pachéco! Comment! vous ici?..

PACHÉCO, descendant.

Oui, je venais... j'étais monté pour...

PAMÉLA.

M'espionner?.. Toujours jaloux!

PACHÉCO.

C'est dans le sang portugais.

SOUCHARD, à part.

Un Portugais!.. Je le prenais pour un Auvergnat.

PAMÉLA.

Eh bien! vous voyez que je ne vous avais pas trompé.

PACHÉCO.

Vous en êtes incapable... ange!

PAMÉLA.

C'est pour ça que vous me soupçonnez sans cesse...

PACHÉCO.

Vous soupçonner, moi?.. jamais!.. Je vous ai suivie pour savoir où vous alliez, voilà tout... ange!..

PAMÉLA.

Bien, je ne vous retiens plus... je vous rends votre liberté.

PACHÉCO, lui baisant la main.

Merci!.. merci!.. ange! ange! (A la porte.) Ange! (Il envoie un baiser à Souchard et dit :) Non, pas vous! (Il se retourne du côté de Paméla.) Ange!

Il sort.

PAMÉLA.

Ah! vous êtes le parrain de Francine, le brave sergent Souchard? votre filleule m'a souvent parlé de vous.

SOUCHARD.

Vrai?.. Cette chère enfant!.. Et, sans vous commander, qu'est-ce qui nous procure l'avantage?..

PAMÉLA.

Je viens pour un domino qu'elle a promis de me rendre aujourd'hui.

SOUCHARD.

Un domino bleu?.. Connu!.. mais alors... mais alors... vous seriez l'incomparable Paméla?

PAMÉLA, souriant.

Oh! incomparable!.. A cheval, c'est possible... à pied, ça se discute...

SOUCHARD.

Madame Paméla... la célèbre écuyère du Cirque?..

PAMÉLA.

C'est entendu.

SOUCHARD.

Qui demeure dans cette maison, au premier?

PAMÉLA.

C'est ça même.

SOUCHARD.

Excusez, si je ne vous remettais pas d'abord, n'ayant jamais eu le plaisir de vous voir... Et puis, je me figurais qu'une écuyère, ça devait avoir des cravaches, des éperons, et entrer chez les gens à travers un cerceau de papier.

PAMÉLA.

Mon brave homme, je traverse ce qui me plaît, mais à la lumière seulement.

SOUCHARD.

Eh bien! foi de sergent, j'aime mieux ça.

PAMÉLA, gaîment.

Eh bien! allons, tant mieux!

SOUCHARD.

Oui, je déteste la cavalerie.. c'est mon idée.

PAMÉLA, gaîment.

Vous avez eu des mots ensemble ?

SOUCHARD.

Non. Je ne dis pas ça pour vous... Les Franconi c'est des braves gens... Étiez-vous avec eux aux buttes Chaumont ?

PAMÉLA.

Par exemple ! J'étais trop jeune... sans ça... mais, voyons, je suis pressée... Votre filleule est-elle ici ?.. oui, ou non ?

SOUCHARD.

Mande excuse... Elle est dans sa chambre... Veuillez vous asseoir... (Il fait asseoir Paméla sur la chaise près de la table.) Je vais l'appeler... (Appelant.) Francine ! Francine !

FRANCINE, en dehors à droite.

Voilà ! parrain ! voilà !.. je donne à manger à mon serin.

PAMÉLA, assise à gauche.

Ah ! elle a un serin ?

SOUCHARD.

En attendant qu'elle ait un mari.

PAMÉLA, riant.

Oui, c'est un apprentissage.

SOUCHARD.

Ah ! ah ! vous entendez la plaisanterie, vous !.. Auriez-vous servi, par hasard ?

PAMÉLA, se levant à demi.

Eh !.. dites donc, vous !

SOUCHARD.

Pardon !.. (Francine chante.) Mais, tenez, la voilà qui vient, en roucoulant comme d'habitude... Je vais la faire taire... mille milliards !..

PAMÉLA.

Au contraire, ne l'interrompez pas...

Elle se rassied.

SCÈNE III

Les Mêmes, FRANCINE.

FRANCINE.

COUPLETS

I

Quand le soleil paraît, que, sous mes rideaux blancs,
Je vois ses doux rayons, lumière tamisée,
Je me lève en chantant. Deux temps... trois mouvements!
Dans l'eau je frott' mon nez et ma tête frisée.
Vit' mon jupon, mes bas, ma robe, mon corset;
Qu'est-ce que cela peut faire à ma coquetterie,
Qu'on me trouve un peu moins ou beaucoup plus jolie?
Le temps d'éternuer, j'ai coiffé mon bonnet.

REFRAIN

Quand le soleil paraît au ciel étincelant,
Je me lève vite en chantant,
Sans perdre de temps,
C'est fait, deux temps, trois mouvements!

II

C'est dans ma gorgerette un ruban à passer,
C'est un moment perdu pour chercher une aiguille,
C'est un ruban fané qu'il faudra repasser,
Une mèche échappée, accroche-cœur qui file,
Pour s'en aller, je ne sais où, beaucoup trop loin.
Puis il faut arroser mes fleurs à peine écloses...
Le mouron des oiseaux, mon chien, mille autres choses!..
A terminer tout ça je dois mettre du soin!..

REFRAIN

Quand le soleil paraît,
Etc.

PAMÉLA, qui s'est levée, et a passé à droite.

Bravo ! ma chère, bravo !

FRANCINE, surprise.

Madame Paméla ! ah ! bah ! vous étiez là ? Et mon parrain qui ne me prévient pas !

SOUCHARD.

Mais si fait !.. voilà une heure que je t'appelle, mille milliards de...

FRANCINE, l'interrompant.

Sergent Souchard ?

SOUCHARD, la main au bonnet de police.

Présent !

FRANCINE.

Avancez à l'ordre !

Elle l'embrasse.

SOUCHARD.

Est-elle gentille !

FRANCINE.

Trois pas en avant... halte ! front !

Elle l'embrasse.

SOUCHARD.

Me mijote-t-elle assez !

FRANCINE.

Sergent ?

SOUCHARD.

Ma colonelle ?

FRANCINE.

Avez-vous savonné mes mouchoirs?

SOUCHARD.

Certainement... et repassés...

FRANCINE.

Et mon bonnet?

SOUCHARD.

Ton bonnet?.. mais...

FRANCINE.

Mais quoi?

SOUCHARD.

C'est que...

FRANCINE.

C'est que quoi?.. Vous attendiez peut-être la colonne de renfort du général Victor?

PAMÉLA, risant.

Ah! ah!

SOUCHARD.

Moi?.. Je n'avais plus de bleu ..

FRANCINE.

Ça suffit! approchez! Je vous permets de m'embrasser. (Il l'embrasse.) Et maintenant j'ai à causer avec madame... Rompez les rangs!

SOUCHARD.

C'est un ange!

Il va au fourneau, prend le fer qu'il approche de sa joue pour voir s'il est chaud et se remet à repasser.

FRANCINE, à Paméla.

Me voilà tout à vous.

1.

PAMÉLA.

Je viens pour ce domino.

FRANCINE.

Comment, c'est pour cela que vous avez pris la peine de monter nos quatre étages!

PAMÉLA.

Bah! qu'est-ce que cela pour moi, habituée à sauter les barrières? Je voulais être sûre que tu ne me manquerais pas de parole.

FRANCINE.

Manquer de parole à une pratique?..

SOUCHARD, tout en repassant.

Plus souvent!

PAMÉLA.

Les couturières sont si inexactes!

FRANCINE.

Oui, les grandes... mais moi qui commence, qui ai besoin de me faire une clientèle... (Gaiement.) Plus tard, je ne dis pas!..

PAMÉLA.

Alors ce domino, je l'aurai ce soir?

FRANCINE.

Mieux que ça tout de suite... quoique à vrai dire, je ne comprenne pas que, jolie comme vous l'êtes, vous mettiez un masque et que vous cachiez votre taille charmante dans un vilain sac.

PAMÉLA.

C'est que tu ne sais pas ce que c'est qu'un domino; c'est le droit de tout dire, tout voir, tout savoir, tout demander, tout accepter et si, le lendemain, on a des regrets...

FRANCINE.

C'est encore le droit de dire : « Mais, monsieur, vous vous trompez, ce n'était pas moi. »

PAMÉLA.

Tu as deviné. Aussi, j'aurais été bien contrariée de ne pas avoir mon domino pour le bal que je donne ce soir en l'honneur du baron.

FRANCINE.

Du baron?

PAMÉLA.

Du baron Poupardet.

FRANCINE.

Poupardet, c'est un joli nom... riche?

PAMÉLA.

A millions... depuis longtemps, j'ai des vues sérieuses et je compte sur ce bal...

FRANCINE.

Vous voulez être baronne?

PAMÉLA.

C'est mon rêve, c'est mon idée fixe.

FRANCINE.

Vous n'aimez donc plus votre sauvage Portugais, don Ramon Pachéco?..

PAMÉLA.

Oh! je n'en suis pas aussi folle que je l'aurais cru d'abord... mais je suis obligée de le ménager, car il a un portrait de moi.

FRANCINE.

Votre portrait?

PAMÉLA.

Oui, en Diane chasseresse.

FRANCINE.

En Diane chasseresse !

PAMÉLA.

D'ailleurs, vois-tu, il faut songer à l'avenir.

FRANCINE.

Je le croyais richissime.

PAMÉLA.

On ne sait pas ; puis, il est d'un pays où l'on ne se marie pas.

FRANCINE.

Bah !

PAMÉLA.

Ils sont comme ça dans les pays chauds.

FRANCINE.

Pas pour deux liards de patience !

PAMÉLA.

Enfin, je veux être baronne.

SOUCHARD, s'approchant.

C'est un joli grade !

PAMÉLA.

RONDEAU

Enfant, quand j'étais saltimbanque,
Une sorcière m'a prédit|
Qu'un baron de la haute banque
M'épouserait pour... mon esprit.

Je partis, cherchant dans le monde
Mon banquier et son sac d'argent ;
Mais hélas ! en faisant ma ronde,
Comme je me trompais souvent !

Un écuyer, un militaire,
Se trouvèrent sur mon chemin ;
Un boursier, un clerc de notaire,
Un peintre m'offrirent leur main.

Un écrivain, galant fidèle,
Mit à mes pieds ses droits d'auteur,
Un médecin, sa clientèle
Et son diplôme de docteur.

Un avocat, un journaliste,
M'offrirent galamment leur bien...
Je te dispense de la liste
De ceux qui ne m'offrirent rien.

Enfin sonna l'heure de gloire ;
Le succès me suivait partout ;
Ma chère, c'est à n'y pas croire,
Ne voulant rien, on m'offrait tout.

Sur les couronnes dans l'arène
Je marchais comme sur des cœurs ;
Que m'importait, à moi la reine,
Couronne de comte ou de fleurs ?

J'aimais, pour charmer ma jeunesse,
Sans trop songer au cinq pour cent,
Et, dans les moments de tristesse,
Je me consolais en pensant

Qu'enfant quand j'étais saltimbanque,
Etc., etc.

Mais, je bavarde, et j'oublie que toi aussi tu te maries.
Comment va ton fiancé Sosthène ?

SOUCHARD.

Sosthène ! parlons-en ! un joli magot ! Sosthène !

FRANCINE.

Silence dans les rangs !.. (A Paméla.) Entrons dans

ma chambre ; je ne vous demande que dix minutes
pour essayer.

PAMÉLA.

Dépêchons... j'ai tant de choses à faire !..

FRANCINE.

Dix minutes, pas plus... venez !.. Et vous, mon! parrain,
songez à mon bonnet.

SOUCHARD.

Il est dans ma chambre, je vais le chercher.

FRANCINE, sortant en chantant.

Enfant, quand j'étais saltimbanque...

SOUCHARD.

Qu'est-ce que c'est?.. (A lui-même.) Allons chercher du
bleu !

Il sort par la gauche.

SCÈNE IV

POUPARDET, seul, entrant par le fond.

Me voilà ! c'est moi, Poupardet... (Au public) Figurez-vous que pas
plus tard qu'il y a quinze jours, Dorville me dit : « Valsain
voudrait te parler. » Connaissez-vous Valsain ? non ; c'est sin-
gulier. C'est Valsain, qui donne le ton à tout Paris. Dorville
me dit.. vous connaissez Dorville ? Non !..vous ne connaissez
donc personne ? Donc, Dorville me dit: «Valsain voudrait te
parler.» Je vole à son hôtel ; Valsain me dit : « Mon cher
Poupardet, ce n'est pas ça du tout ! Tu es baron, c'est bien ;
tu as un cabriolet à pompe et un nègre, c'est encore mieux ;
tu es l'heureux mortel à qui Paméla... prodigue ses faveurs ;

Parfait !.. mais il te manque quelque chose... —Quoi donc?..
— « Tu n'es pas de la société des enfants de Momus. Donc, tu
n'es rien. » C'était vrai... Être de la société des enfants de
Momus, tout est là... On n'est pas du monde, on n'est sans
cela qu'un bourgeois vulgaire, qu'un prud'homme ridicule.
Valsain m'offrait d'être mon parrain; c'était quelque chose,
mais ce n'était pas tout. Il y avait quatre épreuves à subir...
quatre épreuves corsées. La première consiste à faire une
chanson folâtre et à la chanter avec agrément; la seconde à
boire douze verres de champagne pendant que la pendule
sonne les douze coups de minuit. La troisième à perdre cinq
cents louis sur une carte, en souriant... J'ai fait faire la chanson folâtre par un pauvre diable, je l'ai chantée avec agrément, j'ose le croire ; j'ai avalé douze verres de champagne
et la pendule n'avait sonné que dix coups... une très-bonne
pendule pourtant... Il est vrai qu'après j'étais ivre comme la
bourrique à Robespierre. Troisième épreuve : j'ai perdu les
cinq cents louis sur le sept de carreau, et j'ai souri comme
si c'était sur l'as de pique. J'ai souri sans conviction, c'est
vrai, mais j'ai souri. Il ne me reste donc plus que la quatrième épreuve... Elle est raide... oh! mais d'un raide!.. Il
s'agit...

SOUCHARD, rentrant.

Voilà le bonnet. Quel est ce pékin? Pourquoi êtes-vous
ici?

POUPARDET.

Je vais vous le dire! Avec un ancien militaire je serai
franc... car vous êtes un ancien militaire?

SOUCHARD.

François Souchard, ex-sergent au 35e.

POUPARDET.

Au 35e?

SOUCHARD.

Oui !

POUPARDET.

Mais vous étiez à Montmirail?

SOUCHARD.

Oui !

POUPARDET.

Mais, vous étiez à Toulouse avec Soult?

SOUCHARD.

Oui !

POUPARDET.

Vous avez dû être un gaillard, dans votre temps?

SOUCHARD.

Oui, et même encore.

POUPARDET.

Vous n'étiez pas indifférent au beau sexe?

SOUCHARD.

Même encore!

POUPARDET.

Hein? vous, un père de famille!

SOUCHARD.

Moi?.. mais, non, je suis garçon.

POUPARDET.

Garçon?.. et moi qui croyais... Mais, alors, ça va marcher comme sur des roulettes...

SOUCHARD.

Ah! çà, mille bombes! en finirez-vous?

POUPARDET.

Alors, j'en suis à la quatrième épreuve.

SOUCHARD, à part.

C'est un franc-maçon.

POUPARDET.

J'ai subi les trois premières avec honneur, je m'en flatte et...

FRANCINE, en dehors à droite.

Mais non, je ne souffrirai pas...

SOUCHARD.

Ah! ma filleule!

POUPARDET.

C'est elle!.. ma quatrième épreuve!..

SCÈNE V

Les Mêmes, FRANCINE.

TRIO

POUPARDET.

Ciel! voilà mon épreuve!
De bonheur tout mon cœur
Se délecte et s'abreuve,
Je serai son vainqueur!

FRANCINE.

Quoi, je suis une épreuve?
Quel drôl' de visiteur!
L'aventure est très-neuve,
Et ne me fait pas peur!

SOUCHARD.

Il l'appelle une épreuve,
Je n'y suis plus, d'honneur!
Donnons-lui donc la preuve
Qu'il n'est qu'un imposteur!

POUPARDET.

Voilà donc mon épreuve,
De bonheur tout mon cœur
Se délecte et s'abreuve,
Je serai son vainqueur!

POUPARDET.

Voilà donc mon épreuve!

FRANCINE.

Quoi, je suis une épreuve?

SOUCHARD.

Une épreuve!

REPRISE

POUPARDET.

Oui, voilà,
Etc., etc.

FRANCINE.

Quoi je suis,
Etc., etc.

SOUCHARD.

Il l'appelle,
Etc., etc.

FRANCINE, à Poupardet.

Allons, expliquez-vous de grâce,
Il en est temps, voyons, après?

POUPARDET, bas à Francine.

M'expliquer, je le veux bien; mais

Montrant Souchard.

Il faut qu'il nous cède la place.

SOUCHARD, à part.

Qu'ont-ils à bavarder ainsi,
Et que veut dire tout ceci?

POUPARDET, à Francine, bas.

COUPLETS

I

Il faut sans lui
Rester ici
Seule.

FRANCINE.

Seule ?

POUPARDET.

Oui, dans ce coin,
Et sans témoin,
    Seule !

FRANCINE.

Seule ?

POUPARDET.

C'est un secret,
Et, très-discret,
Je dois, pour cause,
Dire la chose,
Sans embarras,
Tout bas, bien bas,
    A vous seule.

FRANCINE.

Seule ?

POUPARDET.

Seule !

FRANCINE.
Seule !
(Parlé.) Ah! j'y suis, vous venez me parler de Sosthène ?

POUPARDET.

Justement!

FRANCINE, à Souchard.

II

Faut avec lui
M' laisser ici
    Seule.

SOUCHARD.

Seule ?

FRANCINE.

Oui, dans ce coin,
Et sans témoin,
Seule!

SOUCHARD.

Seule?

POUPARDET.

C'est un secret,
Et, très-discret,
Je dois, pour cause,
Dire la chose,
Sans embarras,
Tout bas, bien bas,
A vous, à vous seule.

SOUCHARD.

Seule?

POUPARDET.

Seule!

FRANCINE.

Seule!

SOUCHARD.

Mais pourquoi vouloir m'évincer?
Répondez-moi, sans balancer!

FRANCINE.

Parrain, parrain, de votre propre aveu
A l'instant, vous manquiez de bleu, de bleu, de bleu.

POUPARDET.

Sergent, sergent, de votre propre aveu,
A l'instant, vous manquiez de bleu, de bleu, de bleu.

SOUCHARD.

Ventrebleu! sacrebleu!
Pourquoi chercher du bleu?

ENSEMBLE.

FRANCINE.	POUPARDET.
Mon bon parrain, partez vite,	A partir l'on vous invite,
Allez chercher votre bleu !	Allez chercher votre bleu !

SOUCHARD.

Sacrebleu ! ventrebleu !
Pourquoi chercher du bleu ?

FRANCINE.	POUPARDET.
Mon bon parrain, partez vite,	A partir l'on vous invite,
Allez chercher votre bleu !	Allez chercher votre bleu !

SCÈNE VI

LES MÊMES, PAMÉLA.

PAMÉLA, entrant, un paquet à la main.

Et pourquoi donc chercher du bleu ?

POUPARDET, parlé.

Paméla !.. pincé !..

PAMÉLA.

Que faites-vous ici,
Monsieur le baron, je vous prie ?

POUPARDET.

De vous y trouver, chère amie,
Je venais dans cet espoir bien doux.

PAMÉLA, à part.

Je n'en crois rien, mais, pour être baronne,
Ménageons-le, mon intérêt l'ordonne.

FRANCINE, à Souchard.

C'est là son amoureux ?.. Je ne m'en doutais guère.

SOUCHARD, à part.

Il est pris comme un rat dans une souricière !

PAMÉLA, à part.

Ma foi, c'est bien heureux et je tiens mon affaire !
Haut.

Allons venez, monsieur de Poupardet,
Et prenez ce paquet, ce paquet, ce paquet !

ENSEMBLE

PAMÉLA.	POUPARDET, à part.
Allons, venez, Etc., etc.	Si Valsain me voyait Emportant ce paquet, J'emporte ce paquet, Oui, je tiens le paquet !
FRANCINE.	SOUCHARD.
Salut, baron. Etc., etc.	Oui, c'est vraiment parfait ! Prenez donc ce paquet !

Paméla sort par le fond avec Poupardet.

SCÈNE VII

SOUCHARD, FRANCINE.

SOUCHARD, à la porte du fond, saluant militairement, à lui-même.

Cré nom ! c'est une jolie femme ! (Fermant la porte et revenant
en scène.) Ah ! çà, maintenant, occupons-nous de... (Voyant
Francine à la fenêtre.) Eh bien ! flâneuse, tu restes là les bras
ballants ?.. Qu'est-ce que tu fais à la fenêtre... en observa-
toire ?

FRANCINE.

Moi, parrain ?.. Je regardais...

SOUCHARD.

Quoi ?

FRANCINE.

Mais... dame! je regardais si je verrais...

SOUCHARD.

Tu regardais, si tu voyais Sosthène, ce drôle, ce sacripant, cet ingénieur!

FRANCINE.

C'est mon fiancé.

SOUCHARD.

C'est rien du tout, et la preuve c'est que je vais le flan-
quer à la porte.

FRANCINE.

Vous n'en avez pas le droit.

SOUCHARD.

Je le prendrai!

FRANCINE.

Votre neveu! Mais, mon Dieu, qu'a-t-il donc fait?

SOUCHARD.

Ce qu'il a fait, ce qu'il a fait! Ah! mille millions, si je le
tenais!..

On frappe.

FRANCINE.

Le voilà!

SOUCHARD.

Entre dans ta chambre!

FRANCINE.

Parrain...

SOUCHARD.

Entrez dans votre chambre!..

FRANCINE.

Parrain...

SOUCHARD, avec violence.

Retirez-vous dans vos appartements!

FRANCINE.

C'est bien, je m'en vais... (A part.) mais j'écouterai à la porte... (Haut.) Ne soyez pas trop sévère!.. C'est bien, je pars!..

Elle entre à droite, on frappe de nouveau au fond.

SCÈNE VIII

SOUCHARD, MISTIGRIS.

SOUCHARD.

Entrez!.. mais entrez donc!

MISTIGRIS, à part, entrant.

Il n'a pas l'air de bonne humeur!

SOUCHARD.

Avancez à l'ordre... mauvais drôle!.. sacripant!.. grand propre à rien!

MISTIGRIS.

Eh! dites donc, dites donc, vous!

SOUCHARD, le voyant.

Qu'est-ce que c'est que ça?

MISTIGRIS.

Ça, l'ancien, c'est un Français qui ne se laisse marcher sur le pied par personne.

SOUCHARD.

Votre nom?

MISTIGRIS.

Mistigris.

SOUCHARD.

Mistigris?

MISTIGRIS.

Artiste peintre.

SOUCHARD.

Et qu'est-ce que vous voulez?

MISTIGRIS.

Je viens de la part de Sosthène.

SOUCHARD.

Je ne vous en fais pas mon compliment. Un garnement qui s'est fait renvoyer de sa place. Je n'ai rien voulu dire à ma filleule...

MISTIGRIS.

Et vous avez bien fait.

SOUCHARD.

Hein!.. Comment?..

MISTIGRIS.

Sans doute; comme c'est pour la voir qu'il quittait son bureau vingt fois par jour, elle n'aurait pas été insensible à son malheur!..

SOUCHARD.

Comme il arrange ça!.. Et c'est aussi par amour qu'il a fait des dettes?..

MISTIGRIS.

Tiens, parbleu! quand vous sortiez le dimanche, il voulait être ficelé pour plaire à sa cousine et faire honneur à son oncle.

SOUCHARD.

Et c'est pour plaire à sa cousine et faire honneur à son oncle, qu'il est poursuivi par maître Clampin, l'huissier du second, pour des billets qu'il a faits à son tailleur?

MISTIGRIS.

Vous auriez peut-être voulu que ce soit le tailleur qui lui fasse des billets!..

SOUCHARD, avec impatience.

Enfin, que voulez-vous?

MISTIGRIS.

Votre pardon.

SOUCHARD.

Jamais!

MISTIGRIS.

C'est irrévocable?

SOUCHARD.

Ça l'est! Je reprends ma parole; il n'épousera pas Francine, je n'irai pas sacrifier cet ange à un drôle qui n'a pas de place et qui fait des billets.

MISTIGRIS.

C'est votre dernier mot?

SOUCHARD.

Absolument.

MISTIGRIS.

Eh bien! sergent, au plaisir de vous revoir.

SOUCHARD.

Bonjour!

MISTIGRIS, s'arrêtant.

Ah! pardon, j'oubliais de vous remettre cette lettre pour
votre filleule.

SOUCHARD.

Il se permettrait...

MISTIGRIS.

C'est une lettre d'adieux...

SOUCHARD.

Adieux de quoi?

MISTIGRIS.

Adieux de tout.

SOUCHARD.

Il part?

MISTIGRIS.

Il part.

SOUCHARD.

Pour?

MISTIGRIS.

Pour l'autre monde.

Francine entr'ouvre la porte.

SOUCHARD, ému.

Jeune homme!..

MISTIGRIS.

Rien de plus vrai, il a un duel.

SOUCHARD.

Il ne lui manquait plus que ça! Et avec qui ce duel?

MISTIGRIS.

Je l'ignore, parole d'honneur!

SOUCHARD.

Un motif futile sans doute, une querelle de jeu!

MISTIGRIS.

Eh bien! vous n'y êtes pas du tout! c'est sérieux. Voilà : Mademoiselle Francine...

SOUCHARD.

Il s'agit de Francine?..

MISTIGRIS.

Parbleu!

SOUCHARD.

Parlez, je bous.

MISTIGRIS.

Mademoiselle Francine passait dans le Palais-Royal...

SOUCHARD.

Il n'y a pas de mal.

MISTIGRIS.

Deux individus la saluent...

FRANCINE, à part.

Les peintres du troisième.

SOUCHARD.

La politesse avant tout.

MISTIGRIS.

Et quand elle est passée, ils se mettent à rire.

SOUCHARD.

Nom de nom!..

MISTIGRIS.

Sosthène s'élance.

SOUCHARD.

Brave garçon, va !

MISTIGRIS.

Il écoute. Les deux individus parlaient bas.

SOUCHARD.

Maladroit !

MISTIGRIS.

Il allait se retirer, quand il entend l'un des deux prome-
neurs qui disait à l'autre : « Tiens, je te crois et moi aussi !... »
Alors...

SOUCHARD.

Alors ?..

MISTIGRIS.

Alors, il lève la main, et...

SOUCHARD.

Et pif ! paf ! sur les deux joues ?

MISTIGRIS.

Non, l'autre avait arrêté le bras qui n'est pas retombé.

SOUCHARD.

Ah ! quel malheur !

MISTIGRIS.

Mais les cartes ont été échangées, et aujourd'hui même,
ils doivent se battre.

SOUCHARD.

Sosthène ?..

Francine disparaît.

MISTIGRIS.

Il tenait à sa peau, il se croyait heureux ; aimé, maintenant, il se laissera embrocher... pauvre garçon !

2.

COUPLETS

I

Il ne veut pas, garçon, traîner sa triste vie ;
C'est une idée ardente, une manie, un tic.
Vous le chassez, hélas ! son bonheur vous ennuie ;
Il voulait en finir... eh bien ! ça tombe à pic !
Plutôt mourir dix fois que de vivre sans elle ;
Il part pour expirer, bien loin de tous les yeux ;
Il vous pardonne aussi votre rigueur cruelle...
C'est ainsi qu'en partant, je vous fais ses adieux !

II

Mais surtout sachez bien qu'il emporte en la tombe
Une amère douleur, un bien cruel secret ;
Avant le camouflet qui sur sa tête tombe,
Il n'avait qu'un espoir et n'a plus qu'un regret.
Il voulait et ne peut, cela le désespère,
Il voulait, je le sais, c'était ambitieux,
Eh bien... mais... il voulait, il voulait être père,
Être père une fois et s'envoler aux cieux !

SOUCHARD, très-ému.

Bon ! suffit pour l'instant !
V'là que je pleure à présent !

MISTIGRIS.

Quoi vous pleurez, sergent ?

SOUCHARD.

Je pleure maintenant !

SCÈNE IX

LES MÊMES, FRANCINE.

FRANCINE, entrant avec sa boîte, et très-gaîment.

Je m'en vais tout d'un trait
Chercher mon lait,
Mon bon lait, mon doux lait si parfait,
Mon bon petit lait.

O mon bon lait, liqueur féconde,
O mon doux lait, si blanc, si bon,   } *(Bis)*.
C'est toi seul qui soutiens le monde,
Et sans toi que deviendrait-on ?

Tendant les bras à sa nourrice,
Le bébé demande son lait ;
Puis, il sourit avec malice...
Voilà le premier satisfait.

Cher nectar de la première heure,
Quand le bébé touche à six ans,
Tu deviens tartine de beurre,
La tranquillité des parents.

Quand plus tard, ce bébé qu'on aime
Du lycée échappe à grand train,
C'est pour se barbouiller de crème,
Au premier pâtissier voisin.

Le lait se change pour tout âge,
Il se transforme, sans vieillir ;
Il est crème, beurre ou fromage,
Si ça peut vous faire plaisir.

La femme que l'on trouve belle,
Le monsieur qu'on trouve bienfait,
L'homme laid qu'on croit infidèle,
Tous ces gens-là boivent du lait.

En écoutant une folie,
Dites à l'auteur satisfait :
« Monsieur, votre pièce est jolie »
Encore un qui boira du lait !

Le lait fait le veau que l'on vante
Dans un banquet démonstratif ;
Et quand plus tard le veau s'augmente,
Il devient bœuf (*ter*) et puis rosbif !

REPRISE

Oh ! mon bon lait,
    Etc., etc.

MISTIGRIS, bas à Souchard.

Comme elle a l'air heureux !

SOUCHARD.

Heureuse insouciance !

MISTIGRIS.

Oh ! ne lui dites rien...

SOUCHARD.

C'est convenu, silence !

FRANCINE, à part.

Plus de place, des dettes, un duel !..
Ah ! pour moi quel chagrin mortel !..
J'en sortirai, j'en jure sur ma vie !

MISTIGRIS, à part.

Qu'il est heureux, qu'elle est jolie !

FRANCINE, bas à Mistigris.

Si vous le voyez, dites-lui
Que, malgré ses torts, je l'aime,
Que je veux le voir aujourd'hui,
Que je veux le voir ce soir même !

SOUCHARD, à Francine.

Ainsi, tu pars ?..

FRANCINE.

Pour un instant.

SOUCHARD.

Ah ! reviens vite !

FRANCINE.

Mais sans doute.

SOUCHARD.

La maison est en déroute,
Quand le petit diable est absent !

FRANCINE.

Ne vous impatientez pas,
La laitière est à deux pas !

SOUCHARD et MISTIGRIS.

Ne nous impatientons pas,
Etc., etc.

FRANCINE.

Je m'en vais tout d'un trait

MISTIGRIS.

Elle va tout d'un trait

FRANCINE.

Chercher ce bon p'tit lait.

SOUCHARD.

Chercher ce bon p'tit lait....

REPRISE ENSEMBLE

O mon bon lait, liqueur féconde...,
Etc., etc.

Francine se dirige vers la porte du fond, le rideau baisse.

ACTE DEUXIÈME

Un atelier de peintre.

SCÈNE PREMIÈRE

HENRI, GEORGES, PAUL, ALEXIS,
GALOUPAT, ARTHÉMISE, OLYMPE,
CLOTILDE, CHARLOTTE, HENRIETTE,
ADRIENNE, RACHEL, en costumes de nymphes.
puis ADALBERT,

CHOEUR

Oui, c'est aujourd'hui le grand jour !
Le maître finit sa toile,
Et nous allons voir l'amour
Débarrassé de son voile !
Dépêchons-nous de travailler
A la gloire de l'atelier !

ARTHÉMISE.

I

Ah ! quel ennui d'être modèle !

TOUTES.

D'être modèle !

ARTHÉMISE.

Il faut toujours, toujours poser.

TOUTES.

Toujours poser!

ARTHÉMISE.

Si vous bougez, on vous querelle,

TOUTES.

On vous querelle.

ARTHÉMISE.

On ne peut pas même causer!

TOUTES.

Même causer!
C'est vraiment assommant
De ne pas faire un mouvement!

REPRISE ENSEMBLE.

OLYMPE.

II

Il faut qu'en place l'on demeure,

TOUTES.

On demeure,

OLYMPE.

La bouche en cœur et les bras nus.

TOUTES.

Les bras nus!

CLOTILDE.

On doit fournir, pour cinq francs l'heure,

TOUTES.

Cinq francs l'heure,

CLOTILDE.

Et des Hébés et des Vénus,

TOUTES.

Et des Vénus!

CLOTILDE.

C'est vraiment assommant
De ne pas faire un mouvement !

REPRISE ENSEMBLE

GEORGES.

Le patron n'est pas là ?

ARTHÉMISE.

C'est bien la peine de nous faire des scènes quand nous
sommes en retard de cinq minutes !

OLYMPE.

Toi, tu es en retard de cinq minutes, les jours ordinaires,
et en avance de deux heures, quand Phrasie doit poser !

CHARLOTTE.

C'est ce qu'on appelle le système des compensations.

CLOTILDE.

Tiens, il y a une chanson là-dessus.

RACHEL.

Ah !

CLOTILDE.

Je m'en vais vous la chanter.

ARTHÉMISE.

Veux-tu nous faire un plaisir ?

CLOTILDE.

De grand cœur !

ARTHÉMISE.

Ne la chante pas, ça trompera bien du monde.

OLYMPE.

Elle a raison, pas de ronde!

HENRI.

Ça finit toujours mal.

TOUS.

Oui, oui, assez de rondes!

HENRIETTE.

Silence! voici le maître.

ADALBERT, entrant.

Ah çà! mais, qui fume donc ici? (Silence. — Adalbert regarde et aperçoit Galoupat qui fume tranquillement sou brûle-gueule à l'avant-scène à gauche.) Ah! c'est toi, vieux Galoupat, vieux Saturne! A bas la pipe!

GALOUPAT, en costume de Temps.

Tiens, pourquoi donc ça? on fume bien chez votre confrère, monsieur Frédéric.

ADALBERT.

Chez Frédéric, c'est possible, mais ici, c'est différent. L'atelier d'un élève de monsieur Girodet-Trioson doit être le temple des convenances.

GALOUPAT, entre ses dents.

Merci! ne plus fumer! c'est amusant!

ADALBERT.

Ne grogne pas! (Aux élèves.) Comment, messieurs, dix heures et demie, et nous ne sommes pas en place! Vous savez cependant que c'est aujourd'hui même que finit le délai pour envoyer au salon.

HENRI.

Mais ce n'est pas notre faute.

3

GEORGES.

C'est la faute à Mistigris.

TOUS.

C'est la faute à Mistigris !

ADALBERT.

Comment le drôle n'est pas encore arrivé ?

HENRI.

Si, mais il est reparti pour chercher l'Amour qui nous a fait faux bond.

ADALBERT.

Comment Phrasie ?..

HENRI.

Mademoiselle Phrasie ne veut plus poser.

ARTHÉMISE.

Et elle a fichtre bien raison !

OLYMPE.

Je voudrais bien pouvoir faire comme elle.

CLOTILDE.

Et moi aussi.

TOUTES.

Et moi aussi.

ADALBERT.

Hein ? qu'est-ce que c'est ? la grève des nymphes ! vous voulez imiter mademoiselle Phrasie ! La drôlesse ! m'abandonner au dernier moment ! J'avais eu une conception admirable quand je rêvais ce tableau que j'ai intitulé : L'amour fait passer le temps. Mais ce sujet appelait un pendant et demandait beaucoup de modèles... par bonne confraternité, et aussi par économie, je donnai à mon voisin et ami Frédéric l'idée de faire le pendant que j'appelai : Le temps fait

passer l'amour. C'était plus vrai, mais c'était plus triste : il y
a toute une philosophie là-dedans. C'est la même chose,
mais c'est le contraire. Frédéric sauta de joie et voulut choi-
sir lui-même nos modèles... ils sont jolis!.. Galoupat em-
peste l'atelier, Phrasie le déserte, et les nymphes s'insur-
gent! maudite Phrasie!

HENRI.

Mistigris qui a de l'influence sur elle, a juré de la ramener.

ADALBERT.

Ah! tenez, tout m'accable à la fois!

HENRI.

Du calme!

ADALBERT, inspectant les élèves, et s'arrêtant devant Paul.

Très-jolie, cette figure de femme!.. le bras droit un peu
long.

PAUL.

Vraiment? je croyais qu'il était trop court.

ADALBERT.

Farceur!.. tu appelleras ça?

PAUL.

La candeur étonnée d'être mère.

ADALBERT.

On s'étonnerait à moins. (A deux élèves qui faisaient des armes.)
Eh bien! messieurs, l'assaut est fini?

GEORGES.

Nous sommes fatigués. (Bas.) Et ton duel, est-ce pour aujourd'hui?

ADALBERT.

Ne m'en parle pas, le destin me frappe de ses coups les

plus cruels... Onze heures! et ce professeur d'escrime, et ce misérable Mistigris qui n'arrivent pas!

TOUS.

Le voilà! le voilà!

SCÈNE II

LES MÊMES, MISTIGRIS.

ADALBERT.

Enfin, c'est toi, méchant rapin! d'où viens-tu?

MISTIGRIS.

Tiens, vous le savez bien, je viens de chercher l'Amour.

ADALBERT.

Ne plaisantons pas, maître drôle!

MISTIGRIS.

Mais je ne plaisante pas, je viens de chercher l'Amour.

RONDEAU

Depuis ce matin, je cherche l'Amour,
J'ai dans tous les sens parcouru la ville,
J'ai cherché partout, mais peine inutile,
Personne n'a vu l'Amour,
Depuis l'autre jour!..

Je sonne à la maison d'en face
Tout doucement, un petit coup;
On tire le cordon, je passe,
Et dis en m'inclinant beaucoup :
— Portier, l'Amour est-il visible?
On m'a dit qu'il restait ici,
Je veux le voir, est-ce possible?
— Non, monsieur, l'Amour est sorti!..

Je frappe à la maison voisine,
Je croyais bien l'y rencontrer ;
Un mari, la mine chagrine,
Vient aussitôt me demander :
— Que voulez-vous ? — L'Amour, je pense,
Dans ce logis s'est retiré ?
— Monsieur, vous n'avez pas de chance,
Depuis hier, il n'est pas rentré !

Dans une maison bien plus belle
Je heurte : L'Amour est-il là ?
Une imposante demoiselle
Me dit : — L'Amour qué-c'est qu' ça ?
Vous voulez parler de ce drôle
Dans notre quartier trop connu ?
Depuis vingt ans, sur ma parole,
Le sacripant n'est pas venu !

A l'hôtel d'un millionnaire,
Que l'on dit un heureux du jour,
Je demande au propriétaire :
— Monsieur, avez-vous vu l'Amour ?
Il me dit en faisant la moue :
— Vous parlez du fils de Vénus ?
Nous nous connaissons, je l'avoue,
Mais nous ne nous saluons plus !

ADALBERT.

Ah ! ça, malfaiteur, tu as donc juré de me faire mourir !

MISTIGRIS.

Ah ! maître !

ADALBERT.

Tu n'as pas vu Phrasie ?

MISTIGRIS.

Si, vraiment.

ADALBERT.

Et tu ne la ramènes pas ?

MISTIGRIS.

Impossible! Elle m'a déclaré qu'elle ne voulait plus servir
de modèle à personne ; et, comme je lui demandais pourquoi, elle m'a répondu : — Je ne veux plus poser pour les
peintres, parce que je gagne plus à ne pas poser du tout
avec des messieurs que vous ne connaissez pas.

TOUS, riant.

Ah! ah! ah!

MISTIGRIS.

Il n'y avait rien à dire à ça.

TOUS.

Rien!

MISTIGRIS.

Et me voilà.

ADALBERT.

Tout s'écroule! Je ne sais à quoi tient que je n'anéan-
tisse mon œuvre!

On retient Adalbert.

MISTIGRIS.

Un chef-d'œuvre!.. Tiens, on frappe!

HENRI.

C'est peut-être Phrasie qui a des remords.

ADALBERT.

Phrasie ne sait pas ce que c'est que le remords. Ce doit
être le professeur d'escrime ou, ce qui est le plus supposa-
ble, un créancier.

MISTIGRIS.

Un créancier ! Nous allons rire!

TOUS, criant.

Entrez!

SCÈNE III

LES MÊMES, FRANCINE, avec sa boîte au lait.

LES NYMPHES.

C'est la voisine,
A la prunelle mutine!

ADALBERT et LES NYMPHES.

C'est la voisine,
Etc.

LES NYMPHES.

Comme ses doux yeux
Feraient des heureux!

MISTIGRIS, à part.

Francine ici, ce n'est pas naturel!

ADALBERT, à part.

Dans tout autre moment, quelle excellente affaire!

FRANCINE, bas à Mistigris.

Ah! je vous trouve enfin!

MISTIGRIS.

Mais que venez-vous faire?

FRANCINE, bas.

A tout prix empêcher ce duel...

MISTIGRIS, bas.

Quoi, c'était avec Adalbert?
Je n'en savais rien, on s'y perd!

REPRISE

C'est la voisine,
Etc.

ADALBERT.

Dites-nous, charmante voisine,
Ce qui nous vaut tant de bonheur ?

FRANCINE.

Vous ne devinez pas ?

ADALBERT.

Il faut que je devine !
Je ne sais pas, non, sur l'honneur !
Ah ! parlez !

FRANCINE.

Je ne demande pas mieux ;
Mais, vous êtes bien oublieux !

COUPLETS

I

Souvent, mon voisin, par galanterie,
Quand vous me trouviez sur votre chemin,
Vous m'avez tant dit que j'étais jolie,
J'ai fini par croire à ce doux refrain ;
Et je viens à vous, avec confiance,
Vous demander, si cela se pouvait,
Sans vous déranger, en une séance,
Je pourrais, voisin, avoir mon portrait.
    Je me marie et je voudrais,
    Si je deviens mèr' de famille,
    Savoir un peu comment j'étais
      Quand j'étais jeune fille !

II

Je sais qu' ça n' fait pas grande différence,
Que pendant quéque temps on n'y voit trop rien ;
Mais le temps s'envole, adieu l'élégance,
Les belles couleurs et le doux maintien !
Un mari vous dit, avec perfidie : —
« Tu grossis beaucoup, et cela paraît ! »
Pour lui rappeler que j'étais jolie,

Je voudrais, voisin, avoir mon portrait.
Je me marie et je voudrais,
Etc., etc.

MISTIGRIS, à part.

Mais c'est qu'elle est charmante! Pas malheureux, mon ami Sosthène!

ADALBERT, à part.

Comme ça tombe mal aujourd'hui! Il ne me manquait plus que ce regret-là!

HENRI.

Mon cher Adalbert, Frédéric nous appelle, nous te laissons! (Bas.) Heureux mortel, va!

ADALBERT, de même.

Ah! traître!

REPRISE DU REFRAIN

Ell' se marie, elle voudrait,
En devenant mèr' de famille,
Savoir un peu comme elle était,
Quand elle était jeune fille!

Tout le monde sort.

SCÈNE IV

FRANCINE, MISTIGRIS, ADALBERT.

FRANCINE.

Dites donc, mon voisin?

ADALBERT.

Quoi, ma voisine?

3.

FRANCINE.

Vous n'avez pas l'air enchanté de me voir?

ADALBERT.

Moi, pas enchanté? Ah! Dieu! mais c'est-à-dire que je passe ma vie à vous guetter dans l'escalier... Moi pas enchanté?.. oh! par exemple!.. Eh bien! vous ne me connaissez pas!

FRANCINE.

Alors, vous allez faire mon portrait?

ADALBERT.

Ah! c'est qu'aujourd'hui... si c'était un autre jour... je ne dis pas...

MISTIGRIS, à part.

Il hésite, il est malade!

FRANCINE.

Comment, monsieur, chaque fois que je vous rencontre, vous m'obsédez pour faire mon portrait; voilà que je viens et vous me dites : « Si c'était un autre jour!.. » Ce n'est pas gentil! Et si j'avais su...

ADALBERT.

Pardonnez-moi, ma jolie voisine... je...

FRANCINE.

N'ayez pas peur! je m'en vais, je ne suis pas entêtée, moi!

Elle prend sa boîte.

MISTIGRIS, bas.

Ne partez pas!

FRANCINE, bas.

Je n'y ai jamais songé. (Haut.) Je n'aurais pas été fâchée d'avoir mon portrait, une ébauche de rien du tout, parce que je vous l'ai dit, je vais me marier et...

ADALBERT.

Je comprends ça... mais, tenez, j'aime mieux tout vous
dire : C'est aujourd'hui le dernier délai pour envoyer au salon et je n'ai pas le temps.

FRANCINE.

Ah! vous n'avez pas le temps? c'est poli!

MISTIGRIS, bas à Adalbert.

Ce n'est pas le temps qui vous manque, maître, c'est
l'Amour.

ADALBERT, bas.

Comment, l'Amour?

MISTIGRIS, bas.

Regardez donc par là, il vous en tombe un du ciel. Allez-
vous le laisser partir?

ADALBERT, à part.

Il a raison, quelle idée sublime! (Haut.) Oui, en effet, pardon, ce n'est pas le temps qui me manque, c'est l'Amour.

FRANCINE.

Monsieur!

ADALBERT.

Vous n'y êtes pas, je parle de Phrasie qui s'est emballée.

FRANCINE.

Emballée?..

ADALBERT.

Une jeune fille qui me servait de modèle pour l'Amour.

FRANCINE.

Elle était donc bien jolie?

ADALBERT.

Ah! oui! c'est-à-dire... bien moins jolie que vous.

FRANCINE.

Est-ce qu'on ne peut pas la remplacer cette demoiselle qui posait pour l'Amour?

ADALBERT.

Vous ne voudriez pas...

FRANCINE.

Moi? oh! non!

MISTIGRIS, à Francine.

Voyons, un peu d'obligeance... (Bas.) Soyez adroite!

FRANCINE.

D'ailleurs, je ne suis pas assez belle.

ADALBERT.

Cent fois trop! Ah! si vous vouliez me rendre ce service... ma voisine... ma jolie voisine... ma reconnaissance... nous avons avons justement un costume tout neuf... Faites cela et je vous jure que...

FRANCINE.

Ne jurez pas, ça porte malheur!.. Mais pour l'Amour... quel costume devrais-je mettre?

ADALBERT.

Quel costume?.. mais c'est bien simple...

FRANCINE.

Justement, j'ai peur que ça soit trop simple.

ADALBERT.

Mais non! mais non! Il y a une foule de choses...

FRANCINE.

Mais quoi?

TRIO

ADALBERT.

Vous porteriez une belle tunique.

FRANCINE.

Tunique?

MISTIGRIS.

Tunique?

ADALBERT.

Une tunique bleu de ciel,

FRANCINE.

Ciel!

MISTIGRIS.

Ciel!

ADALBERT.

Ciel!

ADALBERT.

Tout simplement cela s'explique.

FRANCINE.

S'explique?

MISTIGRIS.

S'explique!

ADALBERT.

Car c'est le costume officiel.

FRANCINE.

Ciel!

MISTIGRIS.

Ciel!

ADALBERT.

Et par-dessus, il vous faudrait encor
Ajouter une écharpe en or.

MISTIGRIS.

Puis, passer de vos jolis petits doigts...

ADALBERT.

De vos jolis petits doigts...

FRANCINE.

De mes jolis petits doigts?

MISTIGRIS.

Le cordon d'argent du léger carquois.

ADALBERT.

Du léger carquois!

FRANCINE.

Du léger carquois?

MISTIGRIS.

Un carquois plein de traits doux et timides

ADALBERT.

Mêlés parmi des dards perfides,

MISTIGRIS.

Que la blonde Vénus fit fabriquer

ADALBERT.

Prenez garde de vous piquer!

FRANCINE.

Moi, mettre tout cela! ma foi, je n'ose,
Car vraiment c'est bien peu de chose!

MISTIGRIS.

Essayez!

ADALBERT.

Essayez!

ADALBERT.

Mais nous avons encore une merveille.

FRANCINE.

Une merveille?

MISTIGRIS.

Une merveille!

ADALBERT.

C'est un joli bonnet phrygien.

FRANCINE.

Phrygien?

MISTIGRIS.

Phrygien!

MISTIGRIS.

Tout gentillement on le met sur l'oreille.

FRANCINE.

Sur l'oreille?

ADALBERT.

Sur l'oreille!

MISTIGRIS.

Vous verrez comme il ira bien!

FRANCINE.

Bien?

MISTIGRIS.

Bien!

ADALBERT.

Bien!

MISTIGRIS.

Et puis au bras, un joli bracelet.

FRANCINE.

Un joli bracelet?

ADALBERT.

Un joli bracelet!

MISTIGRIS.

Puis, une fleur au mignon corselet.

FRANCINE.

Au mignon corselet?

ADALBERT.

Au mignon corselet!
J'oubliais l'arc avec la bandelette,
Ça complique bien la toilette.

FRANCINE.

La toilette!

MISTIGRIS.

Vous serez belle à faire des jaloux!

FRANCINE.

Je serai belle à faire des jaloux!

MISTIGRIS.

Voisine, allons décidez-vous!

ADALBERT.

Allons, décidez-vous! (*bis.*)

MISTIGRIS.

Allons, décidez-vous! (*bis.*)

ADALBERT.

Vous serez belle!

MISTIGRIS.

Vous serez belle!

FRANCINE.

Je serai belle!

REPRISE DE L'ENSEMBLE

FRANCINE.	MISTIGRIS et ADALBERT.
Je porterais une belle tunique...	Vous porteriez une belle tunique
Etc., etc.	Etc., etc.

ADALBERT.

Ainsi, vous acceptez ?

FRANCINE.

Je n'ai pas dit ça.

ADALBERT.

Ah ! je vous en prie, consentez !

MISTIGRIS.

C'est convenu !

FRANCINE.

Mais...

MISTIGRIS.

Le costume vous décidera, je vais le chercher chez Frédéric !

Il sort par la droite en courant.

SCÈNE V

FRANCINE, ADALBERT.

ADALBERT.

Je vous vois déjà... vous allez être belle comme tous les anges, plus jolie que l'Amour lui-même !

FRANCINE, avec intention.

Prenez garde à votre cœur ! quand j'aurai mes flèches, ça va être un duel à mort.

ADALBERT.

Un duel où je demande à être vaincu... ah! sapristi! un duel!

FRANCINE.

Qu'avez-vous?

ADALBERT.

Ça me rappelle que j'ai une affaire d'honneur.

FRANCINE, à part.

Nous y voilà! (Haut.) Vous vous battez?

ADALBERT.

Aujourd'hui, à deux heures.

FRANCINE.

Ah! mon Dieu!

ADALBERT, à part.

Ah! ça, est-ce que la petite voisine?..

FRANCINE.

Et votre adversaire se nomme?

ADALBERT.

Je n'en sais rien... Jobinéau... Gobineau... J'ai là sa carte.

Il la tire de sa poche et la montre à Francine.

FRANCINE, lisant.

Sosthène Robineau!

ADALBERT.

Vous le connaissez?

FRANCINE.

Si je le connais! c'est mon prétendu.

ADALBERT.

Ah! voisine, combien je suis désolé!..

FRANCINE.

Et moi donc! je tremble!

ADALBERT.

Pour lui?

FRANCINE.

Non, pour vous!

ADALBERT.

Pour moi! (A part.) Le cœur des femmes est un abîme!

FRANCINE.

Mais vous ne savez donc pas ce que c'est que votre adversaire?

ADALBERT.

Non.

FRANCINE.

Malheureux! il est prévôt chez Gâtechair.

ADALBERT.

Hein! chez Gâtechair!.. Voilà un nom qui n'est pas encourageant!

FRANCINE.

Il a déjà tué trois hommes!

ADALBERT.

Et il m'a choisi pour être le quatrième... comme au whist... c'est gentil de sa part! Et mon tableau qui n'est pas fini! adieu, l'immortalité!

Il tombe anéanti sur une chaise.

FRANCINE.

Voyons, ne perdons pas la tête... Tirez-vous proprement l'épée?

ADALBERT.

Moi... oui... non... j'ai appris un peu dans le temps.

FRANCINE.

Un peu, ce n'est guère!

ADALBERT.

Mais j'attendais un maître d'armes.

Musique.

FRANCINE.

Qu'est-ce que c'est que ça?

ADALBERT, se levant.

Sauvé! grand Dieu! c'est lui!

SCÈNE VI

LES MÊMES, POUPARDET, en maître d'armes; avec de très-longues épées sous le bras.

MORCEAU

POUPARDET.

Monsieur, je suis le professeur.

FRANCINE et ADALBERT.

Voilà, voilà le professeur!

POUPARDET.

Je ferre,
J'enferre,
Et par un coup flatteur,
Je perce,
Transperce,
Au goût de l'amateur.

Laïtou, laïtou, je suis le professeur!
Le professeur!

FRANCINE et ADALBERT.

Laïtou, laïtou, il est le professeur,
Le professeur!

POUPARDET.

Je ne suis pas un beau tireur,
Je ne suis ni fort ni rapide,
Mon coup d'œil n'est pas très-perfide,
Et j'ai beaucoup de pesanteur.
Mes coups ne sont pas élégants,
Et ma main n'est pas toujours leste,
Je n'ai pas la riposte preste,
Et je glisse quand je me fends.
Je glisse...

FRANCINE et ADALBERT.

Il glisse!

POUPARDET.

Je glisse...

REPRISE

Monsieur, je suis le professeur
Etc., etc.

FRANCINE et ADALBERT.

Voilà, voilà le professeur
Etc., etc.

POUPARDET, saluant.

Monsieur... madame... (A part.) Ma quatrième épreuve est plus jolie que jamais.

ADALBERT.

Monsieur, je vous attendais avec une impatience...

POUPARDET, à part.

Pas plus grande que la mienne.

FRANCINE, à part.

Voilà tous mes efforts perdus, mais ne quittons pas la place !

POUPARDET.

Vous m'attendiez... mais vous ne m'attendiez pas. Vous attendiez l'illustre Bras-d'Acier ; mais il est malade, je le remplace. (A part.) Grâce à un trait de génie et à deux louis que je lui ai donnés pour me céder sa place !

ADALBERT.

Soyez le bienvenu !

POUPARDET.

Vous avez une affaire d'honneur ?

ADALBERT.

Oui.

POUPARDET.

Qu'est-ce que vous avez de salle ?

ADALBERT.

Moi ?

POUPARDET.

Tirez-vous ?

ADALBERT.

Mal.

POUPARDET.

Mais encore ?

ADALBERT.

Je tire le mur.

POUPARDET.

Et vous le touchez ?

ADALBERT.

Pas toujours! mais on m'a toujours dit que j'avais des dispositions.

POUPARDET.

Nous allons voir ça!

Il se met en garde avec une de ses grandes épées.

ADALBERT.

Est-ce que vous allez me donner une leçon avec ça?

POUPARDET.

Avec ça... je touche plus facilement, affaire d'habitude!

Adalbert lui donne un fleuret et en prend un autre.

FRANCINE, à part.

J'ai déjà vu cette tête-là!

POUPARDET, à Adalbert.

En garde!

ADALBERT.

Devant mademoiselle? jamais!

FRANCINE.

Je vous gêne... je vais...

POUPARDET, à part.

Elle s'en va... je me serais donné tant de peine... pour... (Haut.) Mademoiselle, ne vous en allez pas! au contraire, j'aime à m'escrimer devant les dames, ça me monte, ça me stimule. Restez, de grâce! vous êtes très-gentille!..

ADALBERT.

Eh bien?

POUPARDET.

Je suis à vous! (A Francine.) Si vous voulez voir un joli tireur... (A Adalbert.) Permettez!.. y a-t-il injure grave?

ADALBERT.

Heu! heu!

POUPARDET.

Ça suffit! voulez-vous tuer votre homme?

ADALBERT.

Mais autant que possible.

POUPARDET.

Voulez-vous le tuer avec grâce, avec désinvolture ou avec conviction?

ADALBERT.

Pourvu que je le tue, ça m'est bien égal.

POUPARDET.

Naturellement! Voulez-vous le coup du colonel, le coup des quatre parties du monde, le coup du tambour-major de la Martinique ou le plumet révélateur?

ADALBERT.

Je veux le coup qui porte.

POUPARDET.

Pas dégoûté! En garde! trois appels du pied gauche!

Adalbert exécute le mouvement.

POUPARDET.

Il ne tire pas mal ce garçon-là!

FRANCINE.

Mais non, trois appels du pied droit!

POUPARDET.

Qu'est-ce que je dis? trois appels du pied gauche! Bien! effacez-vous!

FRANCINE.

Non, couvrez-vous!

POUPARDET.

C'est ce que je disais? Le poignet ferme!

FRANCINE.

Non, le poignet brisé!

POUPARDET.

La pointe à hauteur du nez!

FRANCINE.

A la hauteur de l'œil!

POUPARDET.

Appuyez-vous sur la jambe droite!

FRANCINE.

Non, sur la jambe gauche!

POUPARDET.

Appuyez-vous sur les deux jambes; vous serez bien plus
à votre aise.

ADALBERT.

Ah! ça, mais je n'y suis plus!

POUPARDET.

Mademoiselle veut me contredire ; mais je suis galant.

FRANCINE.

Si votre élève suit mes conseils, il n'en reviendra pas...

ADALBERT.

Hein!

FRANCINE.

Ou il en reviendra bien malade.

4

POUPARDET.

Vous vous y connaissez donc?

FRANCINE.

Si je m'y connais moi, la filleule d'un militaire? Je crois bien ! mon parrain m'a donné de fameuses leçons.

ADALBERT.

Vraiment?

FRANCINE.

Et si vous en voulez la preuve... En garde !

Francine prend un fleuret et se met en garde.

TRIO

FRANCINE.

Allons, monsieur, mettez-vous à trois pas !

POUPARDET.

Mettez-vous à trois pas !

ADALBERT.

A trois pas !..

FRANCINE.

Prenez un air martial et ferme !

POUPARDET.

Martial et ferme !

ADALBERT.

Martial et ferme !

FRANCINE.

Ouvrez l'œil et tendez le bras.

POUPARDET.

Tendez, tendez le bras !

ADALBERT.

Tendon sle bras !..

FRANCINE.

Et sacrébleu! n'oubliez pas
Qu'il s'agit de votre épiderme.

ADALBERT.

De mon épiderme?

POUPARDET.

De votre épiderme !

Il fait des vocalises.

FRANCINE.

Fixez bien sur mes yeux vos yeux,
Soyez solide sur la hanche :
Le coude au corps, c'est gracieux !
C'est vilain, quand on se démanche !
Des embarras, il n'en faut pas,
    Mieux vaut tendre le bras!..

POUPARDET.

Tenez-vous bien, ne craignez rien ;
Cela ne sert à rien, à rien !

FRANCINE.

Pas de grands coups, pas de courroux !
Mais surtout couvrez-vous !

POUPARDET.

Couvrez-vous !

FRANCINE.

Couvrez-vous !
(Parlé.) Une, deux, trois !..

Elle se fend et lui porte un coup de fleuret.

TOUS, parlé.

Touché !

ENSEMBLE

FRANCINE.

Zing, zing, zing, zing !

> Qui ne prend garde,
> Zing, zing, zing, zing!
> Beaucoup hasarde.
Allons, je plains votre destin,
Vous allez mourir, c'est certain!

POUPARDET.

> Zing, zing, zing, zing!
> Qui ne prend garde,
> Zing, zing, zing, zing!
> Beaucoup hasarde.
Allons, je plains votre destin!
Vous allez mourir, c'est certain.

ADALBERT.

> Zing, zing, zing, zing!
> Qui ne prend garde,
> Zing, zing, zing, zing!
> Beaucoup hasarde.
A mon âge, triste destin!
Oui, je vais mourir, c'est certain!

FRANCINE, à Poupardet lui montrant Adalbert.

> Pauvre jeune homme!
> Il va mourir!

POUPARDET, passant à Adalbert.

> Le fer, en somme,
> Fait peu souffrir!

ADALBERT.

Merci de votre sympathie,
Je saurai défendre ma vie!

A Poupardet.

Mais je voudrais bien un peu voir
Votre adresse et votre savoir.

POUPARDET.

Mais je ne me bats pas, je pense,
Je ne donne que des leçons.

FRANCINE.

C'est vraiment par trop de prudence !

ADALBERT.

C'est vraiment par trop de prudence !

FRANCINE.

Mais sans plus tarder, commençons !

ADALBERT.

Mais sans plus tarder, commençons !

FRANCINE.

Commençons !

ADALBERT.

Commençons !

FRANCINE.

A vous, monsieur le professeur !
Je n'aime pas qu'on me ménage ;
Mettez-vous là, je n'ai pas peur,
J'ai de l'adresse, du courage ;
Tenez-vous bien, ne craignez rien.

ADALBERT.

Cela ne sert à rien !
Pas de grands coups,
Pas de courroux !

FRANCINE.

Mais surtout, couvrez-vous !

ADALBERT.

Couvrez-vous !

FRANCINE.

Il n'est pas de botte secrète !

ADALBERT.

Allez, que rien ne vous arrête !

4.

FRANCINE.

Allez, que rien ne vous arrête!

(Parlé.) Une, deux, trois!

Elle désarme Poupardet.

POUPARDET.

(Parlé.) J'aime mieux ça, ça me gênait!

REPRISE DE L'ENSEMBLE

Zing, zing, zing,
Etc., etc.

Touché, touché, j'en conviens.

ADALBERT.

Vous aussi? un maître d'armes!

FRANCINE.

Monsieur est très-fort, seulement il ne connaît pas le coup
du lapin.

POUPARDET.

En effet, j'avoue même que j'ignorais que cet animal fît
autorité en escrime!

FRANCINE.

Pauvre jeune homme, que je vous plains! Si vous voulez
laisser quelque chose à la postérité, dépêchez-vous de finir
ça!

Elle montre une toile placée au fond.

ADALBERT.

Mais c'est horrible! au moment où la gloire me tend les
bras!.. Ah! une idée! j'ai une idée!

FRANCINE et POUPARDET.

Voyons!

ADALBERT.

Voyons; je ne suis pas le premier venu... et j'ai bien le

droit de dire à mon adversaire : « Tout à vous, monsieur, mais dans deux ou trois jours. » L'art avant tout.

FRANCINE.

Allons donc! vous croyez qu'il se contentera de ça? Vous n'avez pas d'autre ressource que les excuses.

ADALBERT.

Vous croyez qu'il consentirait à m'en faire?

FRANCINE.

Lui? Ah! non! ah! non!

ADALBERT.

Eh bien?

FRANCINE.

Mais vous?

ADALBERT.

Moi? Jamais! oh! jamais!

FRANCINE.

Alors, je n'ai plus qu'à vous apprendre le coup des trembleurs.

ADALBERT.

Le coup des trembleurs! qu'est-ce que c'est que ça?

FRANCINE.

On n'est touché qu'au bras droit.

ADALBERT.

Le bras qui tient le pinceau!.. Jamais!

POUPARDET.

Il est bien fâcheux que vous ne soyez pas gaucher. — Alors, faites des excuses!

FRANCINE.

Même pas des excuses, manifestez des regrets.

POUPARDET.

Oui, des petits regrets!

ADALBERT.

Vous croyez?

FRANCINE.

Oui, il n'y a que ce moyen d'en finir. Tenez, faites cela...
et je pose pour votre Cupidon.

ADALBERT.

Vrai?

FRANCINE,

Foi d'honnête homme!

ADALBERT.

Elle va poser pour mon Cupidon! Soit, dictez!

FRANCINE.

Écrivez! (Elle dicte.) « Monsieur, vous avez pris la mouche
» pour une simple plaisanterie .. Ma loyauté me fait un de-
» voir de proclamer que mon intention n'était pas d'offenser
» une personne estimable. Si cette explication ne vous suffit
» pas, je me mets à votre disposition la semaine prochaine. »

ADALBERT, après avoir écrit.

Parfait, voilà! Êtes-vous contente, voisine?

FRANCINE.

Très-contente... pour vous.

POUPARDET, à part.

Elle est adorable!

FRANCINE.

Et maintenant, j'ai une heure à vous donner, que faut-il
faire?

Elle met la lettre dans sa boîte au lait.

ADALBERT.

Ne perdez pas de temps. Entrez, le costume est là, vous êtes un ange! (Il veut lui prendre la taille.) Je vous bénis!

FRANCINE.

Taisez-vous ou rien de fait!

ADALBERT.

Non, il faut que je vous prouve ma reconnaissance.

FRANCINE.

A bas les mains!

Elle sort par la gauche. — Ponpardet la suit.

SCÈNE VII

POUPARDET, ADALBERT.

ADALBERT, tirant Poupardet par son habit.

Eh! bien où allez-vous donc?.. Il est enragé!

POUPARDET.

C'est vous qui êtes enragé! Mais sacrebleu!.. voulez-vous bien finir!.. Il lui porte des coups de fleuret.

ADALBERT.

Qu'est-ce qui lui prend donc à celui-là?

POUPARDET.

Elle est gentille, hein?

ADALBERT.

A qui le dites-vous!

POUPARDET.

Quelle grâce!

ADALBERT.

Quel chic !

POUPARDET.

C'est une déesse !

ADALBERT.

Une merveille, parole d'honneur ! Je crois que j'en suis amoureux !

POUPARDET.

Hein ? je voudrais bien voir ça !

ADALBERT.

Vous dites ?

POUPARDET.

Je dis : Je voudrais bien voir ça ! Comment ! elle vous a sauvé d'un danger et elle a la bonté de se déguiser pour faire plaisir à un blanc-bec comme vous, et vous n'êtes pas content ?

ADALBERT.

Eh ! dites donc, vous !

POUPARDET.

Et au lieu de vous précipiter à ses genoux, vous voulez vous précipiter ailleurs ! on n'a pas idée de ça !

ADALBERT.

Assez, monsieur ! vous saurez que je ne suis pas un gaillard à craindre un spadassin de votre espèce qui ne sait pas même le coup du lapin ?

POUPARDET.

Oui, mais je viens de l'apprendre.

ADALBERT.

Je m'en moque ! Mais au fait, que faites-vous ici ?

POUPARDET, à part.

Au fait, qu'est-ce que je fais ici? J'ai envie de tout lui
avouer... c'est un jeune homme... il comprendra...

ADALBERT.

Oh! Francine!

POUPARDET, à part.

Qu'allais-je faire, imprudent? Il l'aime! (Haut.) Ce que
je fais ici?

ADALBERT.

Oui.

POUPARDET.

Comment! vous m'avez fait appeler, et maintenant vous
me demandez pourquoi je suis venu? voilà une question
qui ne manque pas de cachet.

ADALBERT, à part.

Son cachet! c'est juste... Tenez!

Il lui donne une pièce d'argent.

POUPARDET.

Merci... (A part.) Cent sous! si Valsain savait ça! (Haut.) J'en
rirai toute ma vie! cent sous!

ADALBERT.

Quel drôle de professeur!.. Monsieur, voici l'heure de la
séance, mes modèles vont venir. Je serais désolé de vous
retenir plus longtemps...

POUPARDET, à part.

Il faut que je reste à tout prix! Tâchons de le rouler! (Haut.)
Mon jeune ami...

SCÈNE VIII

LES MÊMES, MISTIGRIS.

ADALBERT.

Ah! Mistigris, dépêchons! la séance est finie chez Frédéric?

MISTIGRIS.

Y a pas eu de séance.

ADALBERT.

Comment ça?

MISTIGRIS.

Le vieux Saturne Galoupat, voulait fumer sa pipe... Frédéric qui savait que vous l'aviez boulé, l'a boulé aussi; alors, Galoupat a lâché sa faulx, collé son costume sur le poële et il s'est donné de l'air.

ADALBERT.

Allons, bien! autre tuile! Maintenant que j'ai l'Amour, je n'ai plus de Temps. Avoir si peu de temps, et ne plus avoir de Temps!.. La fatalité m'accable!

MISTIGRIS.

Voyons, maître, pas d'abattement! du nerf, du zine, ne vous laissez pas démonter!

POUPARDET, faisant des armes.

Plus je me fends, plus je glisse.

MISTIGRIS, apercevant Poupardet.

Oh! quelle idée! (Saluant.) Bonjour, monsieur.

POUPARDET.

Bonjour, jeune homme. (A part.) Quel est ce gamin?

MISTIGRIS, à part.

Il a une bonne tête de bourgeois. (Haut.) Monsieur voudrait faire faire son portrait?

POUPARDET.

Mon portrait?

MISTIGRIS.

Ou se faire mouler en ronde bosse?

POUPARDET.

Vous voulez mouler mes bosses!..

MISTIGRIS.

Eh! oui, votre portrait en plâtre ou à l'huile.

POUPARDET, à part.

Tiens! moi qui cherchais un moyen de rester ici!.. (Haut.) Mon portrait, soit! je veux bien poser.

MISTIGRIS.

Alors si monsieur veut prendre la peine de venir avec moi.

POUPARDET.

Pourquoi pas ici?

MISTIGRIS.

Impossible... nous serions dérangés... venez donc!

POUPARDET.

Volontiers. (A part.) Comme ça, je ne quitte pas la maison. (Haut, lui donnant une pièce d'argent.) Tenez, voilà pour vous.

MISTIGRIS, à part.

Cent sous!.. il m'a donné cent sous!.. Si les camarades

savaient ça!.. (Haut à Adalbert.) Ne vous découragez pas, maître !
Boum! ça y est !

Il sort avec Poupardet par le fond.

SCÈNE IX

RENTRÉE DE TOUT LE MONDE, puis FRANCINE en costume
d'Amour, puis POUPARDET en Saturne, puis PAMÉLA, puis
PACHÉCO.

FINAL

CHŒUR.

Maître, nous n'avons plus d'Amour !
Et le Temps, quelle triste chance!..
Vient de s'en aller à son tour ;
Vous pouvez lever la séance !
Maître, nous n'avons plus d Amour !

ADALBERT.

On dit que l'amour n'est pas rare ,
Comme l'esprit, qu'il court partout ;
Mais, par un prodige bizarre,
On n'le rencontre pas du tout !

REPRISE

Maître, nous n'avons...
Etc., etc.

ADALBERT, parlé.

Ah! vous croyez ça? Nous en avons un.

HENRI.

Et où est-il, cet Amour?

ADALBERT.

Il est là, appelez-le, il va paraître.

Reprise du chant.

TOUS.

Monsieur de Cupidon! monsieur de Cupidon!..

L'Amour paraît.

CHOEUR.

Ah! le ravissant Cupidon!
Qu'il est gentil, qu'il est mignon!

FRANCINE.

Rien sur le dos, rien sur les bras!
J'ai passé tout ça, non sans peine;
Un jour, Amour, tu me diras
Pourquoi ton costume me gêne!

CHOEUR.

Rien sur le dos
Etc.

ADALBERT.

Venez, habitant de Cythère,
Chez nous régnez aussi!

FRANCINE.

Moi, régner, c'est bien pour vous plaire?
Merci bien, grand merci!

REPRISE

Rien sur le dos,
Etc., etc.

CHOEUR

Rien sur le dos,
Etc., etc.

MISTIGRIS, amenant Poupardet en Saturne.

Pour que la fête
Soit complète,
Que par moi vous soit présenté
Un dieu de bonne volonté!

POUPARDET, à part.

C'est moi, sous ces habits, la ruse est fort adroite ;
Je ne quitterai pas l'ange que je convoite !

TOUS.

Quel est donc ce quidam ?

MISTIGRIS.

Dam !
C'est le dieu du hasard !

FRANCINE, à part.

J'ai vu cette têt' quelque part !

ADALBERT.

Tout est pour le mieux, vite en place !
Qu'on se dépêche, car le temps passe !
Sur ma foi, joli Cupidon,
Vous serez l'honneur du salon !

ENSEMBLE

Tout est pour le mieux,
Etc., etc.

Pendant la reprise, Adalbert conduit Francine vers une galère placée au
fond sur une estrade, où elle prend place avec Poupardet.

MISTIGRIS.

Ils vont monter sur la galère,
Et gaîment, sur le sein des flots,
Ils vont tous voguer vers Cythère,
Au milieu de leurs matelots.

ADALBERT, parlé.

Mes enfants, le plus grand silence, je vogue vers l'immortalité.

Après un grand silence pendant lequel Adalbert a posé son tableau et se
met à peindre.

MISTIGRIS, à quelques camarades.

O quelle tristesse profonde !

Voulez-vous, par un chant plaintif,
Suivre cet orage qui gronde,
En disant l'ode du captif?

LES RAPINS, à voix basse.

Entonnons l'ode du captif!

MISTIGRIS.

COUPLETS

I

Sur la pointe d'un noir rocher
Une jeune et tendre exilée
Regrettait voiture et cocher
Et son existence étoilée.
Ses yeux étaient mouillés d'un pleur :
J'ai tout perdu, s'écriait-elle,
Je n'ai gardé, dans mon malheur,
Que la moitié d'une hirondelle!
Et la moitié de l'hirondelle
Chantait ainsi :

TOUS.

Coucou !

Hirondelle
Sois fidèle !
Coucou !
Coucou !

REPRISE DU REFRAIN, par le chœur.

Coucou !
Etc., etc.

FRANCINE.

II

Captif au sein des Osmanlis,
Un soldat couvert de vaillance
Cherchait dessous les tamaris
S'il ne trouverait pas sa lance.
Hélas ! disait-il, quell' douleur !

J'ai tout perdu, sabre et bretelle ;
Je n'ai gardé, dans mon malheur,
Que la moitié d'une hirondelle !
Et la moitié de l'hirondelle
   Chantait ainsi :

           Coucou !
       Etc., etc.

TOUS.

    Coucou !
    Etc., etc.

FRANCINE et MISTIGRIS.

III

L'exilée entend le captif ;
Bien vite elle change de rive,
Et par un bonheur excessif,
Le captif aima la captive.
Et, le même soir, un pasteur,
Touché de leur peine mortelle,
Mettait un terme à leur malheur,
En recollant leur hirondelle.
Et l'hirondelle raccommodée
   Chantait ainsi :

TOUS.

    Coucou !
    Etc., etc.

ADALBERT, parlé.

Ah ! victoire, mon œuvre est terminée !

TOUS.

Hurrah !

MISTIGRIS.

Mes bons amis, au maître inimitable
Du triomphe l'honneur doit être décerné ;
Que son front trop bas, mais aimable,
Par la beauté soit couronné.
Qu'on s'empare de lui,

Et qu'aujourd'hui,
Malgré sa modestie,
On lui décerne les honneurs
　　Dus aux vainqueurs
A Pantin comme en Italie !

CHŒUR.

Au talent, au talent, donnons la palme !
　Noble émule d'Apollon,
　Reçois, d'un air digne et calme,
　La couronne sur ton front !

MISTIGRIS, parlé.

Proclamons Adalbert comme le plus grand peintre passé
présent et à venir !

TOUS, criant.

Vive Adalbert !

CHŒUR.

Au talent,
　　Etc., etc.

　　Dansons,
　　Rions,
　　Sautons,
　　Dansons !

Danse générale. — Paméla entre, Poupardet la voit et pousse un cri. — Puis, Pachéco entre à son tour, Paméla l'aperçoit, et pousse un cri de surprise.

PACHÉCO, tout en dansant à Paméla.

Oui, ce soir, nous causerons,
Et nous nous expliquerons !

PAMÉLA, à Poupardet.

Oui, ce soir, nous causerons,
Et nous nous expliquerons !

POUPARDET, bas à Francine.

Oui, ce soir, nous causerons,
Et vrai, nous nous entendrons !

LA BOITE AU LAIT

FRANCINE, à Mistigris.

Oui, ce soir, nous causerons,
Et vrai, nous nous entendrons!

REPRISE

CHOEUR et ARTISTES.

Là! là! là!
Sautons, dansons!
Etc., etc.

Rideau.

———

ACTE TROISIÈME

Une étude d'huissier. — Un bureau à droite chargé de cartons, de dossiers; tables à gauche et au fond. — Porte au fond, porte à droite. — Chaises.

SCÈNE PREMIÈRE

CLAMPIN, puis POUPARDET.

CLAMPIN, appelant en dehors.

Félicien! Sylvestre! (Il entre par la droite.) Personne! Voilà deux heures que mes clercs sont partis, Félicien au timbre, Victor à l'enregistrement, Sylvestre au référé... les autres au diable... je n'ai jamais vu des clercs comme les miens... Je ne dis rien, je patiente... d'autant plus que j'ai vendu mon étude... je m'en vais demain ou après demain... mon successeur, maître Radigoin, saura mettre au pas ces mauvais garnements... je les ai prévenus, je leur ai dit : « Méfiez-vous, il est très-raide Radigoin! » Ah! mettons de l'ordre à nos dossiers... (Il va au bureau.) Chauvinard contre Rabaissel, réglé ... Chabassu contre Marcaillou...

POUPARDET, entrant par le fond.

C'est moi, bonjour!

CLAMPIN.

Quel est ce quidam?

5.

POUPARDET.

Vous me reconnaissez?

CLAMPIN.

Non... nous voyons tant de monde...

POUPARDET, se nommant.

Poupardet.

CLAMPIN, se levant, vivement.

Monsieur le baron de Poupardet, mon meilleur client! donnez-vous donc la peine de vous asseoir.

POUPARDET.

Il ne s'agit pas de cela!.. Vous exercez des poursuites contre un nommé Robineau?

CLAMPIN.

Justement, voilà son dossier.

POUPARDET.

Parfait!.. J'étais bien renseigné... Maître Clampin... ne répondez pas... Vous êtes un homme avisé... ne répondez pas... capable de comprendre ce que parler veut dire... ne répondez pas, vous répondrez tout à la fois — maître Clampin, j'ai besoin, pour des motifs que vous n'avez pas à connaître, j'ai besoin de votre étude pendant une heure.

CLAMPIN.

De mon étude?

POUPARDET.

De votre étude. Puis j'ai besoin en sus de votre robe de chambre, de vos lunettes, de votre tabatière, en un mot, de tous les attributs qui complètent le parfait huissier... Comprenez-vous?

CLAMPIN.

Pas du tout.

POUPARDET.

Tant mieux !..

CLAMPIN.

Mais...

POUPARDET.

Vous refusez?

CLAMPIN.

Non, mais...

POUPARDET.

Vous acceptez?..

CLAMPIN.

Non, mais...

POUPARDET.

Je m'explique... si vous refusez, moi, votre meilleur client, je vous ôte mes affaires, votre étude baisse de moitié.

CLAMPIN.

Monsieur le baron, je ne suis pas un homme vénal, et vos menaces ne me font rien du tout.

POUPARDET, à lui-même.

Un huissier incorruptible... voilà ma veine !

CLAMPIN.

Non, rien du tout, par cette bonne raison que j'ai vendu mon étude à Narcisse Radigoin... nous signons demain.

POUPARDET, à lui-même.

Dieu de l'Amour, tu n'en fais jamais d'autres!.. (Haut.) Monsieur Clampin, tout à l'heure, je priais, maintenant j'exige... je suis le commanditaire de Radigoin pour cinquante mille francs... Si vous pas faire ce que je veux, moi, pas commanditer Radigoin et lâcher l'étude... Vous Clampin, ratiboisé.

CLAMPIN.

Monsieur le baron....

POUPARDET.

Nous nous entendons, j'en étais sûr! Allons vite, vos lunettes, votre robe de chambre, votre tabatière...

Bruit au fond.

CLAMPIN.

Voici mes clercs!

POUPARDET.

Vos clercs!.. Ne perdez pas une minute!..

Il pousse Clampin et le fait entrer à droite malgré ses protestations.

SCÈNE II.

FÉLICIEN, SYLVESTRE, VICTOR, ANDRÉ, QUATRE AUTRES PETITS CLERCS, puis FRANCINE.

ENSEMBLE

Nous marchons,
Nous trottons,
Nous courons,
Et du soir au matin,
Nous sommes en chemin !
Ah ! quel vilain métier
Que d'être clerc d'huissier !

FÉLICIEN.

Chut ! Je réclame le silence,
Pour rédiger un objet d'importance.

LES TROIS AUTRES CLERCS.

Nous avons aussi, nous,
A rédiger un objet d'importance.

FÉLICIEN.

Cet objet c'est un billet doux.

SYLVESTRE.

C'est comme moi !

VICTOR et ANDRÉ.

C'est comme nous !

SYLVESTRE.

Et pour qui ce billet ?

FÉLICIEN.

C'est pour notre voisine,
L'adorable Francine.

SYLVESTRE.

Pour elle ! Eh ! quoi ?
C'est comme moi !

VICTOR et ANDRÉ.

C'est comme moi !

FÉLICIEN, parlé.

Messieurs, pour éviter toute querelle, je vous fais une
proposition.

TOUS.

Une proposition ?

FÉLICIEN.

C'est d'écrire, chacun, un tendre billet à la jolie Francine... elle choisira entre nous, et nous jurons tous de nous
soumettre à son choix.

TOUS.

Nous le jurons !

VICTOR.

Vite, écrivons !

TOUS.

Écrivons!

Ils vont s'asseoir devant les tables.

FÉLICIEN, *écrivant.*

« O charmante couturière,
Je suis pour vous plein d'amour,
Vos beaux yeux sont la lumière
Qui m'éclaire nuit et jour. »

VICTOR, *écrivant.*

« Depuis qu'à votre fenêtre,
Comme une étoile des cieux,
Je vous ai vue apparaître,
J'adore vos blonds cheveux. »

ENSEMBLE.

Cher poulet, gage d'avenir,
A ses pieds vole, vole, vole !
Puisses-tu bientôt parvenir
A toucher le cœur de l'idole !

ANDRÉ, *écrivant.*

« Bel ange du quatrième,
Exaucez les vœux bien doux
D'un clerc d'huissier qui vous aime,
Et qui tombe à vos genoux ! »

FÉLICIEN, *écrivant.*

« C'est une lettre de change
Que j'ose vous présenter ;
Ah ! gardez-vous, ô mon ange,
De la laisser protester ! »

ENSEMBLE, *en pliant les billets.*

Cher poulet, gage d'avenir,
A ses pieds vole, vole, vole !
Puisses-tu bientôt parvenir
A toucher le cœur de l'idole !

FRANCINE, en dehors, chantant.

Colinette au bois s'en alla,
En sautillant par ci, par là,
   Tra la deri dera...

LES CLERCS.

C'est elle !
C'est sa voix !
Je la reconnais cette fois,
Sa douce voix qui m'ensorcelle !

FRANCINE, chantant.

Un beau monsieur la rencontra,
Frisé par ci, poudre par là,
   Tra la deri dera...

Jetant un cri.

Ah !

FÉLICIEN, s'élançant à la porte qu'il ouvre.

Oh ! ciel ! Elle a fait un faux pas !

LES CLERCS, à Francine qu'ils font entrer.

Mademoiselle, prenez mon bras !
   N'ayez pas de frayeur,
Entrez ici, n'ayez pas peur !

FÉLICIEN.

De notre assistance

SYLVESTRE.

Usez un moment!

VICTOR.

Mais pas d'imprudence !

ANDRÉ.

Marchez doucement !

FRANCINE.

De tant d'obligeance
Messieurs, grand merci!

A part.

Feignons la souffrance
Pour rester ici!

REPRISE

De notre assistance
Etc., etc.

On fait asseoir Francine, après lui avoir pris sa boîte au lait qu'on pose sur la table, de l'autre côté du théâtre.

FÉLICIEN, bas.

Ah! quelle idée!... Imitons les grands maîtres!

Il glisse sa lettre dans la boîte.

SYLVESTRE, même jeu.

De l'aplomb! le tour est parfait!

VICTOR, même jeu.

Glissons ça dans la boîte au lait!

ANDRÉ, même jeu.

C'est maintenant la boîte aux lettres!

ENSEMBLE

Bravo! le tour est parfait!
O bienheureuse boîte au lait!
Je bénis sa boîte au lait!

REPRISE

Cher poulet, gage d'avenir,
Etc., etc.

On entend tousser dans la chambre de droite : Hum! hum!

LES CLERCS.

Oh! le patron!

Ils s'asseyent devant les tables.

SCÈNE III

Les Mêmes, POUPARDET.

POUPARDET, en huissier.

Très-bien! Tout le monde au travail! voilà une étude modèle!

ANDRÉ, bas aux autres.

C'est le nouveau patron, monsieur Radigoin.

FRANCINE, à part.

Comme il a l'air bourru!

VICTOR.

Bonjour, patron!

LES CLERCS, se levant.

Bonjour, patron!

POUPARDET.

Qu'est-ce que vous faites là? Quelle est cette jeune fille?

FELICIEN.

Mademoiselle est une voisine. En descendant elle s'est donné une entorse et...

POUPARDET.

Et quoi? et quoi? mon étude est-elle une pharmacie, une ambulance?

ANDRÉ.

Mais... patron...

POUPARDET.

Il n'y a pas de mais .. (A part.) Éloignons-les. (Haut) Il n'y a pas de mais!.. Et d'abord vous devriez être en course.

SYLVESTRE.

Nous en venons.

POUPARDET.

Retournez-y!

VICTOR.

Les courses sont finies.

POUPARDET.

Recommencez-les! Allez, je vous donne campo pendant une heure.

LES CLERCS.

Campo! (Avec regret regardant Francine.) Campo!

POUPARDET.

Allez, et qu'on ne me dérange pas de mon travail! (Examinant les dossiers.) Chauvinard contre Cabassel — réglé — Chabasson contre Marcaillou... N'avez-vous pas entendu?.. Allez-vous en!

VICTOR.

C'est bon, on s'en va!

LES CLERCS.

REPRISE DU CHŒUR

Nous marchons,
Nous trottons,
Nous courons,
Et du soir au matin
Nous sommes en chemin!
Ah! quel vilain métier
Que d'être clerc d'huissier!

Ils sortent par le fond en envoyant à la dérobée des baisers à Francine.

SCÈNE IV

FRANCINE, POUPARDET.

POUPARDET, à part, au bureau.

Les voilà partis! j'ai une heure devant moi!.. O Valsain!
ô Momus! Tu seras content!... (Feignant de compulser.) Chabasson
contre Marcaillou...

FRANCINE, à part.

Eh! bien, il ne fait même pas attention à moi... hum!

POUPARDET, brusquement.

Hein! vous êtes encore là?

FRANCINE.

Non, monsieur... (A part.) C'est pas un huissier, c'est un
ours! (Haut.) J'y suis, mais je n'y étais plus... vous m'inti-
midez.

POUPARDET, à part.

Je l'intimide... comme je joue mon rôle!

FRANCINE.

C'est que j'ai quelque chose à vous dire.

POUPARDET.

Dépêchez-vous, je suis occupé, j'ai l'affaire... Chabasson
contre Marcaillou...

FRANCINE.

Ah! mon Dieu, comme vous me recevez!.. moi qui me
disais : Il est impossible qu'un huissier ne soit pas bon et
secourable...

POUPARDET, à part.

Belle et naïve?.. (Haut) Ah! vous vous êtes dit ça? Mais
vous aviez raison, ma belle, les huissiers c'est comme les
autres, il faut savoir les prendre, tout est là! Ils ne vous font
pas peur, je pense?

FRANCINE.

A moi! Ah! Dieu! non!

RONDEAU

Qu'ils sont aimables les huissiers!
Je le proclame volontiers,
      Pour traiter les affaires,
Ils valent mieux que les notaires,
      Les avoués, les avocats;
Quand on en dit du mal, c'est qu'on n' les connaît pas!
Du bon goût jamais l'huissier ne s'écarte,
Il s'inform' de vous, sans vous visiter,
Le quinze et le trente, il laisse sa carte
Chez votre portier, sans jamais monter.
Et qu'un débiteur à payer renonce,
Vite il court chez vous, sans perdre de temps.
Toujours sans monter, il vous le dénonce
Et l'assigne aussi, tout ça pour six francs.
Son cœur est exempt de la jalousie,
Il est bienveillant en parlant d'autrui,
Il ne connaît pas la haine et l'envie,
Si vous êt's cité, ce sera par lui.
Ses exploits fameux charment l'audience;
Appelant chacun, quand on est absent,
Pour qu'on vous écoute, il braille: silence!
Il vous présente à monsieur l' président.
Lorsqu'il vient saisir, comme il met des formes,
Il est désolé, fâché, mécontent,
Et si, malgré lui, les frais sont énormes,
C'est pour le timbre et l'enregistrement.
Aussi des huissiers je n'ai nulle crainte;
Car ainsi que moi tout le mond' sait bien

Que lorsqu'un huissier lâche une contrainte,
C'est toujours par corps, le cœur n'y est pour rien!

POUPARDET.

Vous avez raison, ma mignonne... nous ne sommes pas
si diables que nous en avons l'air... Voyons, parlez, qui
vous amène?

FRANCINE.

Je viens pour un billet.

POUPARDET.

Quel billet?

FRANCINE.

Un billet de cinq cents francs.

POUPARDET.

Souscrit par?..

FRANCINE.

Monsieur Sosthène Robineau.

POUPARDET.

Ah! bon, je sais. (Cherchant le dossier.) Prévalu contre Robineau, cinq cents francs de capital, six cent quarante francs
de frais.

FRANCINE.

Ah! Dieu du ciel! que c'est cher!

POUPARDET.

Ça c'est vrai, j'en conviens, c'est raide; mais il suffirait...

FRANCINE.

De quoi?

POUPARDET.

Mais de beaucoup de choses; parce que vous savez, ma petite chatte, le papier timbré, ça coûte. Il y a protêt, assi-

gnation, jugement, dénonciation, commandement, saisie. Vous venez pour payer?

FRANCINE.

Oh! non!

POUPARDET.

Comment, non? Ah! vraiment! Et que veniez vous faire? contez-moi donc ça!

FRANCINE.

Je venais vous prier, vous supplier...

POUPARDET.

Je connais cette chanson, c'est du temps que vous demandez... impossible!.. s'il fallait accorder du temps à tous les mauvais payeurs, on n'en finirait pas. (A part.) Comme je joue mon rôle!

FRANCINE.

Mon bon monsieur Clampin!

POUPARDET.

Oui, oui, je suis votre bon monsieur Clampin... mais il faut que d'ici à vingt-quatre heures le débiteur ait payé, parce qu'il y a Sainte-Pélagie.

FRANCINE.

Sainte-Pélagie!

POUPARDET.

Sans doute il s'agit d'une lettre de change.

FRANCINE.

En prison! (Poussant des cris.) Ah! ah! ah!

Elle tombe sur une chaise.

POUPARDET, se levant.

Eh! bien, quoi donc? une attaque de nerfs!.. (A part.) Ma quatrième épreuve est adorable, charmante! quelle jolie taille ! que cette main est douce et potelée... (Haut.) Voyons, voyons, chère enfant, remettez-vous.

FRANCINE, à part.

Il se radoucit !

POUPARDET.

Ouvrez les yeux, ces beaux yeux... Ils sont très-beaux, ma foi... le gauche surtout... Voyons... on peut s'entendre.

FRANCINE, à part.

Ça marche !

POUPARDET.

Vous vous intéressez donc beaucoup à ce jeune homme ?

FRANCINE, d'une voix dolente.

Ce n'est pas un jeune homme.

POUPARDET.

Hein ? ah ! ce n'est pas un jeune homme, ça change bien les choses...

FRANCINE.

C'est mon oncle, un oncle qui m'a servi de mère.

POUPARDET.

Pas possible !

FRANCINE.

Un bien brave homme, allez ! ruiné, monsieur, ruiné par quatorze faillites.

POUPARDET.

Comment, il a fait quatorze fois faillite ? mais alors il doit être à son aise ?

FRANCINE.

C'est pas lui... c'est quatorze faillites qu'il a supportées...

POUPARDET.

A la bonne heure! aussi je me disais... (Lui prenant la main.)
Eh! bien, voyons, chère petite, nous disons donc que vous
voulez du temps?..

FRANCINE.

Je suis une honnête fille, je paierais plus tard...

POUPARDET.

Oui, une jolie femme n'est jamais insolvable, et si tu voulais...

FRANCINE.

Monsieur!..

POUPARDET, se reprenant.

Si vous vouliez...

FRANCINE.

Quoi?

POUPARDET.

Ne sais-tu pas?.. ne devines-tu rien? ton cœur ne te ra-
conte-t-il pas une histoire qui se passe dans le mien?

FRANCINE.

Oh! monsieur Clampin, vous, un homme marié!

POUPARDET.

Erreur! je suis garçon... ma femme est aux eaux... Et
qu'importe d'ailleurs! parle, dis un mot, une syllabe, une
consonne, et je te remets ce dossier, (Il prend le dossier.) et tout
ce que tu voudras, parle!

FRANCINE.

Vous feriez ça?..

POUPARDET.

Plutôt deux fois qu'une.

FRANCINE.

Et vous me demanderiez?..

POUPARDET.

Un simple rendez-vous, ce soir, à neuf heures, dans ta chambrette, en cachette... ou tout de suite.

FRANCINE.

Et si vous me trompiez?

POUPARDET.

Moi, un officier ministériel!

FRANCINE.

Vous me jureriez?..

POUPARDET.

Foi d'huissier audiencier!..

FRANCINE.

Eh! bien, donnez!

Elle veut saisir le dossier.

POUPARDET.

Ah! non, donnant, donnant!.. ce soir, à neuf heures.

FRANCINE.

Oh! c'est affreux, vous n'avez pas confiance en moi!.. ah!.. eh! bien, gardez-le votre dossier, je n'en veux pas... d'autres plus humains m'aideront, j'espère. Adieu, monsieur!..

Fausse sortie.

POUPARDET.

Francine! mademoiselle!..

SCÈNE V

LES MÊMES, MISTIGRIS, qui a paru à la fausse sortie de Francine.

MISTIGRIS.

Comment, vous refusiez à mademoiselle?..

Il s'empare du dossier.

FRANCINE.

Mistigris!

POUPARDET, à part.

Ah! le rapin!

MISTIGRIS.

Moi qui croyais que vous étiez un huissier chic, très-chic, plein de tact et de délicatesse!

POUPARDET.

Cessons cette plaisanterie! Rendez-moi ces papiers ou si-non!..

FRANCINE.

Pensez donc au plaisir de faire une bonne action.

MISTIGRIS.

Il y a encore ça!

POUPARDET.

Les bonnes actions, il faut que ça rapporte quelque chose.

MISTIGRIS.

Les bénédictions de toute une famille.

FRANCINE.

Ma reconnaissance.

POUPARDET.

Si j'en étais sûr?..

MISTIGRIS.

Nous en serons pleins! Vous consentez? Merci, monsieur
Clampin, désolé de vous avoir retenu si longtemps... Au
plaisir de vous revoir!

POUPARDET.

Petit drôle!

MISTIGRIS, à Francine.

Si vous voulez accepter mon bras.

FRANCINE.

Monsieur Mistigris?

MISTIGRIS.

Mademoiselle Francine?..

FRANCINE.

Rendez le billet à monsieur.

MISTIGRIS.

Le billet de votre oncle Sosthène? Je ne m'en séparerai
qu'avec la vie!

FRANCINE.

Je veux, j'exige...

POUPARDET.

C'est inutile, vous pouvez le garder... il n'est pas acquitté.

MISTIGRIS, jetant le dossier.

Pas acquitté! Je ne le garde pas, huissier! Tiens, le voilà
ton billet!

Bruits, éclats de rire.

POUPARDET.

Les clercs! Que le diable les emporte!

SCÈNE VI

Les Mêmes, LES CLERCS, PAMÉLA.

FINAL

LES CLERCS.

Entrez donc, entrez, belle dame!

PAMÉLA, entrant.

Merci, messieurs!

POUPARDET, à part.

Ciel! Paméla!

Il va au bureau et se cache avec les papiers.

PAMÉLA.

Il est ici, je le réclame.

FRANCINE.

Qui cherchez-vous comme cela?

MISTIGRIS et LES CLERCS.

Qui cherchez-vous comme cela?

PAMÉLA.

Qui je cherche? un infidèle,
Un gros sylphe, un farfadet,
Un vrai monstre qu'on appelle
Le baron de Poupardet.

FRANCINE, MISTIGRIS, LES CLERCS.

Elle cherche,
Etc., etc.

PAMÉLA.

Depuis ce matin, il m'échappe;

Mais je sais qu'il est venu.
Dites-moi, l'avez-vous vu?

FRANCINE, MISTIGRIS, LES CLERCS.

Non, nous ne l'avons pas vu!

FRANCINE.

Mais non, je ne l'ai pas vu!

PAMÉLA.

Que peut-il être devenu?
Gare à lui si je l'attrape!
Gare à lui, gare à lui!..

Elle rentre dans la chambre à droite premier plan.

POUPARDET.

Ah! mes amis, ne dites rien!
Entourez-moi, cachez-moi bien!

MISTIGRIS, *le reconnaissant.*

Quoi! c'est monsieur Poupardet?

FRANCINE et LES CLERCS.

Quoi! c'est monsieur Poupardet?

POUPARDET.

Oui, c'est moi, chut! pas d'esclandre!

MISTIGRIS.

Soit, mais acquittez cet effet!

POUPARDET.

Moi, que j'acquitte cet effet?

MISTIGRIS.

Signez, signez, sans plus attendre!

MISTIGRIS et FRANCINE.

Signez, signez, signez, signez!

MISTIGRIS, *quand Poupardet a signé.*

Victoire! victoire! voilà le billet!

6.

FRANCINE, à part.

Mettons-le dans ma boîte au lait!

TOUS.

L'histoire est plaisante,
Le tour est parfait!
Selon $\frac{\text{mon}}{\text{son}}$ attente,
Elle tient
Je tiens   le billet!

POUPARDET.

Déveine constante!
J'enrage en secret!
Contre mon attente,
Je rends le billet!

PAMÉLA, revenant.

Il n'est pas là, je me trompais.

LES CLERCS.

Dieu! que de grâces et d'attraits!
     A Paméla.
Quoi! vous partez?

PAMÉLA.

          Oui, je m'en vais,
Mais ce soir je donne une fête,
Sur vous, messieurs, je compte pour mon bal.

LES CLERCS.

Quel bonheur! un bal!
C'est un vrai régal!

PAMÉLA.

A s'amuser qu'ici chacun s'apprête!

MISTIGRIS, amenant Poupardet qui se cache.

Avouons que les huissiers
Sont humains et charitables!..

FRANCINE.

Et que, loin d'être grossiers,
Ce sont des gens bien aimables!
Aussi des huissiers je n'ai nulle crainte.

MISTIGRIS.

Car, ainsi que moi, tout le mond' sait bien

FRANCINE.

Que lorsqu'un huissier lâche une contrainte,

MISTIGRIS et FRANCINE.

C'est toujours par corps, le cœur n'y est pour rien!

TOUS.

Aussi des huissiers,
Etc., etc.

Paméla se dirige vers le fond. — Francine et Mistigris la saluent et Ponpardet se cache derrière eux. — Le rideau baisse.

ACTE QUATRIÈME

Chez Paméla. — Un salon éclairé pour un bal et donnant au fond sur une galerie. — Portes latérales, chaises.

SCÈNE PREMIÈRE

FRANCINE, puis PAMÉLA.

Au lever du rideau, on entend une valse exécutée au dehors. — Francine, sa boîte au lait à la main, paraît au fond en regardant de tous côtés et marchant avec précaution.

FRANCINE, seule.

Les danseurs ne tarderont pas à arriver... les musiciens sont déjà à leur poste. (Elle entre.) Je suis entrée chez madame Paméla sous prétexte de lui ajuster son domino, mais c'était dans l'espoir de rencontrer ici monsieur Poupardet... Un riche banquier doit avoir des places à donner, et il m'en faut une pour Sosthène.

PAMÉLA, en domino bleu, entrant par la droite et très-agitée.

Francine !.. toi ici !..

FRANCINE.

Oui, en passant, j'étais venue m'assurer si votre toilette...

PAMÉLA.

Ah! il s'agit bien de ma toilette!

FRANCINE.

Qu'avez-vous?.. Vous semblez tout émue.

PAMÉLA.

On le serait à moins! sais-tu ce qui m'arrive?

FRANCINE.

Quoi donc?

PAMÉLA.

Une tuile, ma chère!.. Pachéco, le terrible Portugais, qui m'avait annoncé son départ, que je croyais bien loin...

FRANCINE.

Eh! bien?..

PAMÉLA.

Il est ici.

FRANCINE.

Ici?

PAMÉLA.

Oui, ici, au bal... sous un déguisement.

FRANCINE.

Vraiment?.. et qui vous l'a dit?

PAMÉLA.

Ma femme de chambre qui le tient de Floridor, le cocher de Pachéco... Et le baron qui va venir! — S'ils se rencontrent, s'ils s'expliquent, je suis perdue.

FRANCINE.

Perdue!..

PAMÉLA.

Eh! sans doute... ce Pachéco est capable de tout pour se venger... Il a mon portrait.

FRANCINE.

Ah! oui, la Diane... avant midi.

COUPLETS

I

Chaque jour, il me répétait
Qu'obtenir de moi ce portrait,
Ce serait un bonheur extrême;
Sans calculer, sans réfléchir,
Je me rendis à son désir ;
On est si bête quand on aime!
Mais l'amour, ce dieu folichon,
Un jour, fait place à la raison,
Ah !
Je veux, dès ce soir, ravoir mon portrait,
Il y va pour moi d'un grand intérêt,
Je veux, oui, je veux ravoir mon portrait!

II

Un portrait, aux mains d'un jaloux,
Est une arme, et, dans son courroux,
Il peut vouloir en faire usage.
Je n'y songeais pas par malheur ;
Car alors, il retournait cœur,
Et pas du tout de mariage !
Mais l'amour,

Etc., etc.

FRANCINE.

Voyons, ne perdez pas la tête!.. il y a peut-être un moyen de sortir d'embarras.

PAMÉLA.

Et lequel?.. Je ne suis pas double... Impossible d'être à la fois avec Pachéco et avec le baron.

FRANCINE.

Non, mais... oh! quelle idée!..

PAMÉLA.

Tu as une idée?

FRANCINE.

Dites-moi, avez-vous encore votre domino de l'année der-
nière?

PAMÉLA.

Oui, un domino bleu... à peu près pareil à celui-ci.

FRANCINE.

Alors vous êtes sauvée.

PAMÉLA.

Sauvée!.. comment?.. Explique-toi!..

FRANCINE.

On vient. Entrons chez vous... Je vous dirai tout!

Elles sortent par la gauche.

SCÈNE II

ADALBERT, MISTIGRIS, LES PEINTRES,
LES CLERCS, en costumes de bal masqué, puis POUPARDET,
et ensuite DAMES INVITÉES.

CHŒUR.

C'est charmant, c'est adorable,
Gracieux, étincelant!
Tout est gai, brillant, aimable,
Sur l'honneur, c'est ravissant!

LES CLERCS, saluant.

Messieurs les peintres du troisième!..

LES PEINTRES, même jeu.

Messieurs les huissiers du second!

ADALBERT.

Eh! mais, c'est un plaisir extrême
De trouver toute la maison!

LES CLERCS, saluant.

Messieurs...

LES PEINTRES, id.

Messieurs!

MISTIGRIS.

I

Que dites-vous de cette fête,
Artistes, amis des couleurs,
Ne la trouvez-vous pas parfaite
Avec sa lumière et ses fleurs?
Pourtant un détail m'a choqué;
En entrant, je l'ai remarqué,
     Et je croi
Qu'il est temps d' modérer vos flammes.
Vous ne trouvez pas, mais je trouv' moi,
   Que ça manque de femmes!

ARTISTES et CHŒUR.

REPRISE

Que ça manque de femmes!

II

Mes chers messieurs de la basoche,
J'ai vu là-bas plus d'un buffet;
Vous pourrez emplir votre poche,
Je vous en... offre mon billet.
Pourtant un détail m'a choqué;
En entrant je l'ai remarqué,
     Et je croi
Qu'on n'a pas bien fait les programmes;

Vous n'trouvez pas, mais je trouv'moi,
Que ça manque de femmes !

REPRISE, CHŒUR

Que ça manque de femmés !

TOUS.

Il a raison ! c'est vrai !

FÉLICIEN.

La belle Paméla n'a pas invité assez de femmes à son bal.

VICTOR.

Le sexe faible brille ici par son absence.

TOUS.

Il a raison !

ADALBERT.

Rassurez-vous, fantoches, je connais la maison, tout à l'heure, il y en aura trop de femmes.

MISTIGRIS.

Jamais il n'y en a trop.

ADALBERT.

Eh ! bien, rapin !

POUPARDET, en domino noir et masqué.

Ce jeune homme a raison, il n'y a jamais trop de femmes.

TOUS.

Qu'est-ce que c'est que ça ?

FÉLICIEN.

C'est la statue du Commandeur.

SYLVESTRE.

L'ombre de Banco.

7

POUPARDET.

Banquo premier!

ANDRÉ.

Quel beau masque !

POUPARDET, se démasquant.

C'est moi.

TOUS.

Le baron !

POUPARDET.

Oui, mes bons amis... je me suis dit : Dans une ville, quand on bâtit une caserne, on pose solennellement la première pierre; dans un bal, on bâtit des espérances, posons solennellement le premier verre de champagne !

TOUS, prenant des verres sur un plateau que tient un domestique.

A la santé du baron !

POUPARDET.

A la vôtre, jeunes gens ! (Ils boivent. — A part.) Le temps de me montrer, d'établir un alibi, de sabler encore quelques verres de champagne pour me donner du ton, et je vole dans les bras de l'amour.

VICTOR.

C'est égal, Mistigris disait vrai, ça manque de femmes.

TOUS.

Ah! oui.

POUPARDET.

Allons donc!.. regardez.

Les jeunes femmes en costume paraissent.

CHŒUR

Voyez, voyez la belle fête !

Partout et de l'or et des fleurs !
Cette fête si complète .
Paméla ravit les cœurs,
Les fêtes sont toujours belles,
Au dir' des connaisseurs ;
Partout de l'or, de belles fleurs !
Mais il me semble, mesdemoiselles.
Que ça manque un peu de valseurs !

MISTIGRIS.

Mais voilà des jolis valseurs,

ADALBERT.

De fringants, d'élégants danseurs.

VICTOR.

Nous sommes les petits valseurs

LES PEINTRES.

Nous sommes les beaux valseurs.

FÉLICIEN.

Les cavaliers, et bruns et blonds,
  Abondent dans les salons.

MISTIGRIS.

Et vous n'avez ici, je crois,
  Que l'embarras du choix.

TOUS.

Ça ne manque plus de valseurs,
Des plus gentils et des meilleurs,
Ça ne manque plus de valseurs !

FÉLICIEN.

Enfin, voici le moment !

VICTOR .

Le moment le plus charmant !

SYLVESTRE.

C'est l'heure du sentiment.

POUPARDET, à Mistigris.

Direz-vous encor, garnement ?
Je crois, oui je crois
Qu'on a fort mal fait les programmes ;
Vous trouvez, mais je n' trouv' pas, moi,
Que ça manque de femmes !

REPRISE ENSEMBLE

Que ça manque de femmes !

Reprise du motif de valse. Les femmes s'éloignent, en valsant avec les jeunes gens, ainsi que Poupardet. Au même instant, arrive par le fond un cavalier en domino noir et masqué. C'est Pachéco.

SCÈNE III

PACHÉCO, puis FRANCINE.

PACHÉCO, seul.

Plus personne !.. ouf !.. respirons un peu ! (Il se démasque.) Ah ! Paméla, écuyère sans foi, vous donnez un bal à mon insu !.. mais j'ai appris la chose par Floridor, mon fidèle cocher, qui la tenait de votre camériste... alors j'ai simulé un petit voyage... c'était une ruse,.. nous sommes très-rusés nous autres... c'est dans le sang portugais. Quand je dis portugais, je puis l'avouer, je suis de Marseille... mais comme les étrangers sont mieux vus chez les petites dames, je me suis dit : « Puisqu'à Marseille nous tenons tous les accents, collons-nous l'accent portugais !.. Et me voilà !.. Si vous me trompez, malheur à vous !.. J'ai une arme, votre portrait... on vient !.. Dissimulons !

Il remet son masque.

FRANCINE, masquée et à part.

Le baron est seul !.. De l'adresse !.. Il s'agit de le retenir ici pour Paméla, et d'obtenir une place pour moi.

PACHÉCO, à part.

Un domino bleu!.. c'est elle!..

FRANCINE, à part.

C'est égal, le cœur me bat!

PACHÉCO.

Enfin, vous voici!.. à nous deux, perfide!

FRANCINE, à part.

Ce n'est pas le baron!.. c'est l'autre... quelle méprise!..

PACHÉCO.

Ah! ah! vous ne m'attendiez pas!

FRANCINE.

Pachéco!

PACHÉCO, il se démasque.

Oui, moi que vous croyiez en voyage, et qui...

FRANCINE.

Et qui êtes revenu... (A part.) Et madame Paméla qui me croit avec Poupardet! qui peut commettre quelque bévue!.. il faut la prévenir.

PACHÉCO.

Eh! bien, vous ne dites rien!.. vous ne cherchez pas à vous justifier?

FRANCINE, à part.

De l'aplomb!.. ou tout est perdu! (Haut et déguisant sa voix.) Me justifier de quoi? d'avoir donné un bal?.. vous croyant parti, je ne pouvais pas vous inviter... il n'y a pas là de quoi prendre des airs furieux.

PACHÉCO.

J'avoue que j'étais furieux.

FRANCINE.

Eh! bien, c'est fini... vous ne l'êtes plus... Tout est expliqué, et je vais...

PACHÉCO, la retenant.

Où allez-vous?

FRANCINE.

Retrouver mes invités dans la salle de bal.

PACHÉCO.

Nous irons ensemble.

FRANCINE.

Ensemble!

PACHÉCO.

Prenez mon bras... je ne vous quitte pas de toute la soirée.

FRANCINE,

Mais c'est que...

PACHÉCO.

C'est que quoi?

FRANCINE.

Je suis invitée.

PACHÉCO.

Invitée?

FRANCINE.

Pour une demi-douzaine de valses... et vingt-cinq contredanses.

PACHÉCO.

Vous les danserez toutes avec moi... avec moi seul... je me constitue votre cavalier...

FRANCINE, à part.

Comment avertir Paméla?

Ritournelle de quadrille.

PACHÉCO.

Entendez-vous la musique? Venez!

FRANCINE, à part.

Oh! je m'en débarrasserai!

Ils sortent. — Poupardet qui a reparu pendant les derniers mots, les regarde s'éloigner.

SCÈNE IV

POUPARDET, puis PAMÉLA.

POUPARDET, gris.

Il n'y a pas à se tromper, ce domino bleu qui s'éloigne c'est Paméla. Mais alors, sapristi de sapristi! tout va bien! ça marche comme sur des roulettes! bravo, bravi, bravo! (Au public.) Faites pas attention, ça vient de ce que j'ai ingurgité quelques verrées de champagne! mais ça c'est la faute à la pendule; c'est que c'est vrai pourtant, je ne peux plus entendre sonner une pendule, sans que.. Ainsi, tenez, vous me croirez si vous voulez, à peine cette diable de pendule avait-elle sonné ses huit coups que crac! moi j'avais avalé les douze miens et elle aurait sonné le treizième que je l'aurais bu encore! Enfin, ça ne fait rien, au contraire. Je ne suis pas fâché de cette petite griserie! ça me donnera du zinc, comme dit mon ami Valsain! ça me donnera du zinc pour monter au quatrième... non au ciel! je disais bien au quatrième ciel! Il va se faire neuf heures, esquivons-nous prestement...

PAMÉLA, rentrant par la gauche rencontre Poupardet.

Ah! Pachéco!

POUPARDET, de même.

Ah! Panama! c'est Panama! je suis pincé! et la petite qui m'attend là-haut!

PAMÉLA.

Ah! ah! monsieur, vous avez voulu me surprendre.

POUPARDET, à part.

Débarrassons-nous en adroitement. (Haut.) Chère amie, je suis à toi dans un instant; le temps seulement de m'en aller et de revenir.

PAMÉLA, l'arrêtant par le pan de son domino.

Restez, monsieur, restez!

POUPARDET, au public.

Ma ruse n'a pas réussi!

PAMÉLA, à part.

De l'audace! (A Poupardet en marchant sur lui.) C'est que je n'ai pas peur qu'on me suprenne moi! je ne fais pas de mal moi! je m'amuse au grand jour, moi!

POUPARDET.

Mais moi aussi, chère amie, je m'amuse au grand jour, rien qu'au grand jour! et la nuit aussi... au grand jour! (A part.) Je ne sais plus ce que je dis!.. si je m'éclipsais adroitement?..

PAMÉLA, à part.

Au fait, il vaut peut-être mieux le prendre par la douceur! (Haut.) Qui est-ce qui va venir s'asseoir là?

Elle s'assied.

POUPARDET.

Moi!

Il va prendre une autre chaise et la place près de Paméla.

PAMÉLA, toujours très-chatte.

Bien! et qui est-ce qui va causer gentiment avec sa petite mémère?

POUPARDET.

Le petit pépère à mémère. (A part.) Et Francine qui m'attend!

PAMÉLA, de même.

Qui va quitter son air féroce et écouter son petit oiseau bleu?

POUPARDET, de même.

Moi! son petit oiseau vert!

PAMÉLA.

C'est entendu, mon beau tigre jaune.

POUPARDET, à part.

Son beau tigre jaune! pourquoi jaune?

PAMÉLA.

Jouons cartes sur table!

POUPARDET, à part.

Comment! il faut que je fasse une partie de bésigue avec un tigre jaune? Aurait-elle aussi entamé le champagne?

PAMÉLA.

La vérité, mon beau lion du désert.

POUPARDET, à part.

Tiens! c'est changé!

PAMÉLA.

La vérité, c'est que j'ai un caprice, un désir ardent. Quand tu m'aimes, tu fais ce que je veux?

POUPARDET.

Ah ça, c'est bien vrai! (Répondant comme si on l'appelait.) Voilà!

voilà! me voilà!.. chère amie, je suis à toi dans un instant.

PAMÉLA, se levant et l'arrêtant.

Eh bien, eh bien! où allez-vous donc comme ça?

POUPARDET, interdit.

On m'appelle...

PAMÉLA, très-froidement.

Non! on ne vous appelle pas.

POUPARDET.

Tu crois? on ne m'a pas appelé? Ah! c'est curieux, j'aurais parié... je ne sais quoi... (Au public.) C'était pourtant pas mal trouvé!

PAMÉLA.

C'est ta liberté que tu veux? Eh! bien, rends-moi d'abord mon portrait!

POUPARDET, étonné.

Ton portrait?

PAMÉLA.

A cause de cet imbécile de Poupardet.

POUPARDET.

Hein?.. tu dis?

PAMÉLA.

Je dis cet imbécile de Poupardet! Il m'adore, il m'épousera!

POUPARDET, ôtant son masque.

Vraiment, madame!

PAMÉLA.

Ciel! le baron!

POUPARDET, furieux, arpente la scène en gesticulant. — Pendant ce temps
Paméla disparaît et Francine prend sa place.

Ah! parbleu! j'en apprends de belles! un imbécile, moi,

Poupardet! Oh! si Valsain savait ça! (A Francine qu'il prend pour Paméla.) Ah! çà, madame, m'expliquerez-vous ce que cela signifie?

FRANCINE.

Et quoi? Qu'est-ce qui vous prend? pourquoi cet air furibond?

POUPARDET.

Pourquoi je suis furibond? Ah! non! elle est forte par exemple! pourquoi? Vous osez le demander, après ce que vous venez de me dire : Cet imbécile de Poupardet!

FRANCINE.

D'abord je n'ai pas dit : (L'imitant.) Cet imbécile de Poupardet! J'ai dit : (Gracieusement.) Cet imbécile de Poupardet!

POUPARDET.

Ah! alors c'est différent! mais non! c'est absolument la même chose!

FRANCINE, très-câline.

Allons, allons, calmez-vous, vilain ours!

POUPARDET, à part.

Ours! Bon! C'est encore changé!

FRANCINE.

Et venez vous rasseoir près de moi. Allons! allons, venez, le gros chien-chien adoré!

POUPARDET, à part.

Me voilà un gros chien doré à présent! Je ne suis plus un homme, je suis une ménagerie. (Haut.) Oui, mais tout cela ne m'explique pas...

FRANCINE, élevant la voix.

Cela ne vous explique pas que je sais tout! entendez-vous, je sais tout!

POUPARDET.

Tout quoi? (A part.) Payons d'audace! (Haut.) Tout quoi?

FRANCINE.

Je vous ai surpris trois fois aujourd'hui rôdant autour de la petite Francine.

POUPARDET.

Histoire de rôder tout simplement, car tu sais bien, Paméla, que je n'aime que toi, ô mon idole unique et sans partage!

FRANCINE.

Eh! bien donnez-m'en une preuve en m'accordant ce que je vais vous demander.

POUPARDET.

Le portrait! le fameux portrait! je l'attendais. Tu veux mon portrait?

FRANCINE.

Non! une place dans vos bureaux.

POUPARDET.

Une place!.. mais pour qui donc?

FRANCINE.

Pour le protégé d'une de mes amies.

Neuf heures sonnent.

POUPARDET.

Neuf heures, sapristi! la petite qui m'attend là-haut!

FRANCINE.

Eh! bien, est-ce convenu?

POUPARDET.

Oui, foi de gentilhomme!

FRANCINE.

Merci! (A part.) Enfin?

Bruit au dehors.

POUPARDET.

Ce bruit, qu'est-ce donc?

SCÈNE VI

LES MÊMES, SOUCHARD, en uniforme, ADALBERT,
MISTIGRIS, LES PEINTRES, LES CLERCS, et TOUS LES
INVITÉS, puis PAMÉLA, PACHÉCO.

CHŒUR

Ah! vraiment, l'idée est fantasque,
Se travestir en vétéran!
Pourquoi donc ici, joli masque,
Pénétrer comme un ouragan?

SOUCHARD, se débattant au milieu des invités.

Mais laissez-moi donc, mille tonnerres!

FRANCINE, à part.

Mon parrain!

POUPARDET, à part.

Le vieux grognard!

SOUCHARD.

Je ne suis pas un soldat de carnaval!

MISTIGRIS.

Eh! non, c'est le sergent Souchard, notre voisin du quatrième.

POUPARDET.

Ah! çà, que voulez-vous?.. que venez-vous faire ici?

SOUCHARD.

Je viens chercher Francine, ma filleule.

POUPARDET.

Votre filleule?

SOUCHARD.

Oui, on m'a dit qu'elle était ici, et je vais...

POUPARDET.

Arrière! c'est Paméla!

PAMÉLA, entrant avec Pachéco.

Paméla, me voilà!

POUPARDET.

Paméla!.. Eh! bien, et l'autre?.. celle-ci? (A Francine.) Qui donc êtes-vous?.. je veux le savoir!..

PAMÉLA.

Baron, le masque d'une femme est sacré.

POUPARDET.

Eh! que m'importe!.. je vais...

On le retient.

FRANCINE.

Ne vous donnez pas la peine... (Se démasquant.) C'est moi.

TOUS.

Francine!

FRANCINE, retirant son domino sous lequel est un costume de laitière.

La petite laitière!

POUPARDET, à part.

Et tu ne l'as pas reconnue! animal!

SOUCHARD.

Ah! çà, mademoiselle, qu'êtes-vous devenue depuis ce matin?

FRANCINE.

Je vais vous dire : — Vous ne vouliez plus de Sosthène pour mon mari, parce qu'il avait un duel, des dettes, et qu'il était sans place? Eh bien, parrain, vous trouverez dans ma boîte au lait une lettre d'excuses pour le duel, ses dettes acquittées, et quant à la place, monsieur le baron de Poupardet me l'a promise.

POUPARDET, d'un air vexé.

Et je tiendrai parole, mademoiselle; j'en fais mon secrétaire... (A part.) Ce sera bien le diable si... (Haut.) et je me marie moi-même... ce sera plus piquant... avec la divine Paméla.

PAMÉLA, à part.

Que va dire Pachéco?

PACHÉCO, lui serrant la main.

A Lisbonne, nous ne sommes pas jaloux d'un mari! Voici votre portrait.

PAMÉLA, avec joie.

Ah!

MISTIGRIS, à Francine.

Il n'y a que moi qui n'aurai rien.

FRANCINE.

Vous?.. vous serez l'ami de mon mari.

MISTIGRIS.

Rien de changé alors... il n'y aura qu'un Français de plus.

FRANCINE.

Enfin ce n'est pas sans effort
Que j'aurai terminé ma tâche.

LA BOITE AU LAIT

PAMÉLA.

Pour me tailler un heureux sort.
On me vit trimer sans relâche.

MISTIGRIS.

Mais maintenant tout est fini,
On s'en retourne à tire-d'aile.

TOUS LES TROIS ENSEMBLE.

Je m'en vais
Elle va   retrouver mon nid,
              son
Comme la tremblante hirondelle,
Chantant, chantant ainsi : —
        Coucou!

ENSEMBLE GÉNÉRAL

        Coucou!

FIN

Imprimerie générale de Châtillon-sur-Seine Jeanne Robert.

www.ingramcontent.com/pod-product-compliance
Lightning Source LLC
Chambersburg PA
CBHW060819250626
47162CB00005B/1862